美人のこと

美人的事

只有帶著清澄感的珠玉一般芳香的繪畫，是她願望中的事物

上村松園·著　方旭·譯
うえむら しょうえん

對畫的勇猛之心，每天每天，都在強烈地燃燒著。人生如過客，我想

在藝術上尋找永恆的「花朵」。

「其畫其字其人，雖然來自遠方，但在內心卻撫起了波瀾。那些與母親的故事，藝術旅途上的
摸索，生活中往往被忽略的片刻，如同一位好友隔空叮咚傳來的訊息，
掀起記憶的暗潮。」——茉莉

「上村先生主要創作的是穿著和服的美人，衣褶的長短和相互間的距離、脖子的曲線和手指的
彎曲度、左右衣領相交的角度等等……臨摹之後才感覺到一切都是精心設計的結果，
用線之嚴謹、用色之精準都令人慨嘆。」——蓮羊

目錄

推薦語

序

壹　美人的事 美人のこと

輕女惜別 …………………………………………020

〈雪月花〉 ………………………………………024

深雪和澱君 ………………………………………027

畫道和女性 ………………………………………031

〈砧〉 ……………………………………………039

〈稅所敦子孝養圖〉 ……………………………041

最初展出的作品──〈四季美人圖〉 …………044

關於畫作〈汐汲〉 ………………………………049

創作〈草紙洗〉 …………………………………051

〈花筐〉和岩倉村 ………………………………054

如芙蓉花般美麗的楊貴妃 ………………………060

美人的事 …………………………………………061

貳 逝去之美 失われた美

浮世繪畫家的手繪：透霞賞花，更具風情 …………066

京都舞伎 ………………………………………070

我喜歡應舉，和那個時代 ……………………072

寬政時代的少女納涼風俗 ……………………073

執筆為畫五十年 ………………………………074

參 我願望中的事物 私の願い事

女人的臉 ………………………………………080

苦樂　答某人問
—— 關於作畫時畫家的心境，我是這麼想的 ………082

關於作畫 ………………………………………085

臨摹畫冊 ………………………………………096

雙語 ……………………………………………099

帝展的美人畫 …………………………………101

彩虹與感興 ……………………………………104

日本畫和線條 …………………………………108

靄之彼方 —— 對現代風俗描寫的期望 …………111

肆　我，只有畫 私はペイントするだけです

健康和工作 ………………………………… 116

楠公夫人 …………………………………… 123

我，只有畫 ………………………………… 128

大田垣蓮月尼 ……………………………… 129

我的生平 …………………………………… 131

金剛嚴跋　能面和松園先生的畫

上村松園

伊東深水

鏑木清方

上村松園年譜

推薦語

寧遠

　　上村松園是幸運的，有著這樣一位母親。母親是她最柔軟卻也最堅強的依靠，憑單薄的女子之軀，為父亦為母，以賣茶為業，獨自撫養兩個女兒長大，用辛苦與堅韌換得體面與尊嚴。她用自己的一生，給松園上了一堂簡單、自然又豐碩的人生之課。那些永不枯竭的愛與支持，已經牢牢生長在松園的身體裡，成為她永遠的火焰與光明。你看，對世上的每個孩子來說，母親，都是這樣重要的人啊。

蔣嬋琴

　　她被視為天才，卻一生不失努力、隱忍與精進；她歷經命運跌宕、家境變遷，卻始終保持美、雅及堅韌的姿態。歲月與現實給予的殘缺與榨煉，最終成為養分，澆灌畫作，綻放圓滿。也讓生命之果，流轉不息；其瑩潔無纖塵、如珠玉般清澄高雅的氣息傳遞，即便空間、歷史遙遠，仍能清晰感知。

　　她終生踐行「畫筆報負」，以藝術濟度他人；是母親，也是女畫家。為此，用盡力氣，活出了氣象。看她的畫，讀她的人生，活著的人會得到寬慰。

五瓣花

　　上村松園將古舊之美，古舊之生命，古舊女人之精神，都在畫筆中一一呈現，她只畫女人，她清晰地描畫她們的眉、唇、眼、臉、衣飾，更重要的是她皆畫出這些女人的內心之神，孤絕、自立、帶著一些驕傲，不屈於世事的艱難，始終有所嚮往。她在棲霞居裡繪畫，只願「以霞為食以霓為衣」，一生浪漫、柔情又足夠堅韌，時常從清晨畫到黃昏，不斷精進努力執著於繪畫，藝術成就從來不是她的目的地，而那「只要手一拿起畫筆，心中就一粒塵埃也飛不進」的時光，才是最滋養她的時刻吧。

茉莉

　　其畫其字其人，雖然來自遠方，但在內心卻撫起了波瀾。那些與母親的故事，藝術旅途上的摸索，生活中往往被忽略的片刻，如同一位好友隔空叮咚傳來的訊息，掀起記憶的暗潮。不同時代，不同家鄉，然而女性獨有的心思卻是相同的，願我們都在這微妙氣息裡觸摸生活之美。

蓮羊

　　第一次看到上村松園先生的作品，是五六年前搜尋竹內棲鳳時偶然遇到的，那時候只看到些網上的失真圖，簡單的當工筆畫來了解了一下。直到 2015 年到日本來做文化交

流，原以為日本的「院展」、「日展」這些全國美展上展出的作品都該是浮世繪或上村、竹內一樣的「傳統日本畫」，但所見皆是一張張西方感實足的「現代日本畫」，頗有些失望。

　　為此，我專程去了趟京都，去當地的美術館、博物館和畫廊裡尋找我印象中的傳統日本畫。看著上村松園先生的張張原作，久久流連，並親自臨摹了一張，自此刷新了對日本畫的認識。上村先生主要創作的是穿著和服的美人，衣褶的長短和相互間的距離、脖子的曲線和手指的彎曲度、左右衣領相交的角度等等……臨摹之後才感覺到一切都是精心設計的結果，用線之嚴謹、用色之精準都令人慨嘆，所以國內常常說日本畫設計感很強也的確不為過。

　　這本書蒐集了上村松園先生的數十幅代表作，一能幫助我們研究明治維新後全盤西化的日本在東洋畫和西洋畫之間的探索，也能幫助美術學子了解傳統日本畫的一些構圖、用線用色的特點，更重要的是，將為畫者在繪畫之路中循著的那份執著的愛記錄下來，值得收藏。

序

上村松園生於明治八年（1875年），是一位活躍在明治、大正、昭和三個時期的傳奇女畫家。作為畫壇「天才少女」，她十五歲以〈四季美人圖〉參展第三屆內國勸業博覽會，獲得一等獎，這幅作品還被來日本訪問的英國皇太子看中而買下。此後，上村松園在日本畫壇嶄露頭角，不斷髮表優秀作品，並於1948年獲得日本文化勳章。

她一生致力於畫美人畫，線條纖細，色彩雅緻，洋溢著日本古典的審美與韻味。但是松園對於畫的藝術追求，並沒有停止在視覺感知的層面，她所渴望傳達的，是蘊含在溫文典雅的美人畫中、女性溫柔而不屈的堅定力量。她說：「我從不認為，女性只要相貌漂亮就夠了。我的夙願是，畫出絲毫沒有卑俗感，而是如珠玉一般品味高潔、讓人感到身心清澈澄靜的畫。人們看到這樣的畫不會起邪念，即使是心懷不軌的人，也會被畫所感染，邪唸得以淨化……我所期盼的，正是這種畫。」

松園作為一名畫家，一名畫美人畫的畫家，一名女性畫家，她的隨筆中，不僅記錄了創作的構思靈感與艱辛歷程，還有她的成長經歷與生命中難忘的邂逅，而更能充分表達她

的思想的，是關於女性如何生活、處事的論述。松園推崇傳統的日式美，認為這是最適合日本女性的審美表達，而對於隨波逐流、學著歐美人的樣子把自己弄得不倫不類的打扮，她則保持懷疑態度。她冷眼觀世，「然而如今世人，都醉心於『流行』，從和服的花紋到髮型，不管什麼都追在『流行』的後面，卻從不考慮是否適合自己」；卻對真正的美充滿熱心，「我希望婦人們能各自獨立思考，找到什麼是真正適合自己的。」在審美打扮上，松園希望女性能夠找出獨屬於自己的風格，而不是一味被潮流所左右，這一點與 Coco Chanel 的名言「時尚易逝，風格永存」，是多麼不謀而合。

上村松園的「傳奇」，除了表現在她出色的作品上之外，還因為她波瀾起伏的人生。當她還在母親腹中，父親就去世了，母親仲子帶著兩個女兒，一人經營起家裡的茶葉鋪，支撐家計。在明治時代，女性被認為「只要學端茶倒水、做飯縫衣就夠了」，而松園卻因為熱愛畫畫，開始進入繪畫學校學習。親戚朋友們都不理解，紛紛指責「上村家把女兒送去學畫，是想要幹什麼？」，幸而松園有一位開明達觀的母親，她堅定地支持女兒的夢想，送她去學畫，盡可能地給松園提供穩定的學習環境。

松園回憶起溫柔而慈祥的母親，描繪童年時與母親的生活點滴，不禁讓人為這對相依為命的母女動情落淚：

　我十多歲的時候，母親去親戚家，我和姐姐在家等母親回來。但左等右等，也不見母親回來，我很擔心，就拿著傘，從奈良物町穿過四條大橋，去接母親。當時下著雪，是一個寒冷的冬夜。還是小孩的我非常想哭，終於走到了親戚家門口，正好，母親起身準備回家，看見我，「啊」地一聲顯出吃驚的樣子，接著又很高興地說「你來了啊，哎呀，哎呀，一定很冷吧」，說著把我凍僵的手握在母親的兩掌之中，為我搓熱。

　「母親！」我用哭腔叫道。

　「啊，你來接我了啊，這麼冷的天！」母親說著，握住我凍僵的雙手，一邊呵氣一邊揉著。我不禁流下了淚水。

　母親的眼中也浮起了淚光。雖然是件平常不過的小事，但此情此景，我卻一生難忘。

　雖然有了母親的支持，但松園的繪畫道路依舊坎坷。在女性受教育尚不普及的年代，繪畫學校的女學生很少，出門畫寫生時也不如男學生那般方便。更有甚者，有嫉恨她的人，在松園展出的作品上胡亂塗鴉。松園坦誠，有好幾次，她都想到了一了百了。

　然而，照亮這崎嶇幽暗道路的，正是松園的幾位老師，他們也是日本畫壇中如燈塔般矗立、為後輩照亮前路的偉大人物：鈴木松年、幸野楳嶺、竹內棲鳳。在松園的回憶裡，

三位老師畫風不同、性格迥異，但都對藝術充滿熱忱、對學生十分愛護。從松園與老師的互動中，可以窺見那個時代日本師徒之間的傳道方式、繪畫技巧，還能感受到一代大師在日常生活中的真情流露。

有時候先生會畫描繪雨中場景的畫。如果只用溼毛刷把畫布刷一下，水氣只能停留在表面，不能充分滲透到絹布裡。要讓水氣充分滲透，不僅要用毛刷刷，還要用溼布巾「颯颯」地擦，情況才會變好。之後在上面畫柳樹或別的什麼，再在上面用溼布巾擦。擦的時候絹布會發出「啾啾」的聲音。先生頻繁地擦，隔壁房間的小園就走出來用可愛的聲音說：「阿爸，畫在『啾啾』地叫呀。」於是先生應道：「嗯，畫是在『啾啾』地叫呀。再給你做一遍吧。」就又在絹布上「颯颯」地擦。我曾經在一旁給可愛的小園畫過寫生。如今突然拿出當時的寫生冊來看，不禁思緒沉浸其中。

松園的母親還沒生下她時，就成了單身母親；似乎是命運的相似，松園在二十七歲未婚生子，作為單身母親撫養兒子長大。在當時的社會環境下，她經受了怎樣的流言蜚語、指指戳戳，可想而知，但松園絲毫沒有提及這些不愉快，相反地，在她的隨筆中，盡是與兒子松篁相處時的幸福回憶。

兒子松篁也和我一樣喜歡金魚。到了冬天，我就用粗草蓆把金魚缸包起來放在暗處等待春暖花開，但松篁總是等不

及春天來，常常把走廊角落的魚缸上的草蓆掀開，從縫隙看裡面。當他看到心愛的金魚像寒冰中的鯉魚一樣一動不動，馬上顯出擔心的神色，於是拿來竹枝，從縫隙間去戳金魚，看到魚動了，就露出安心的樣子。

我耐心地教導他：

「金魚在冬天要冬眠，你這樣把它弄醒，它會因為睡眠不足而死掉的……」

兒子松篁似乎不明白金魚為什麼要在水裡睡覺，只是苦著臉說：「可是，我擔心呀……」說著，回頭看了看魚缸。

不知是否是畫家的血液得到了傳承，松園的兒子上村松篁和孫子上村淳，也都成為了日本畫壇知名的畫家。對於這一點，松篁說過：「母親並沒有教過我畫畫需要注意什麼，但她始終勤奮努力的身影，是她留給我最大的遺產。」這大概就是，最高境界的教養，不是對孩子「耳提面命」，而是讓孩子「耳濡目染」吧。

在世俗生活與藝術道路上飽嘗艱辛的松園，深深體會到，女性要想在這世上生存下去，必須堅強，必須自己拯救自己。

人活一世，實際上就像乘一葉扁舟羈旅，航程中有風也有雨。在突破一個又一個難關的過程中，人漸漸擁有了強盛的生命力。他人是倚仗不得的。能拯救自己的，果然只有自

己。做人不出色，其創造的藝術也無法出色。因為藝術是由創造者的人格所限定的。筆上所描畫的是自己的心，即便總是注意著在人前裝模作樣，如果內心沒有表裡如一的真誠，是不行的。不斷地反省自己是極其重要的，人類正是因此才會進步。

堅強、自省、保持真誠，松園從七十多年繪畫生涯中提煉出的感悟，又何嘗不適用於我們的人生呢？

在審美上擁有屬於自己的風格，在事業上持之以恆、勤奮精進，在生活上堅毅剛強、勇敢面對，這是上村松園身為一個畫家、一名女性，想傳達給我們的。

有幸受出版社的邀請翻譯此書，多次讀到動情處不禁潸然淚下。用心讀完，彷彿與作者一道，經歷了波折起伏、不屈奮鬥的一生。由於時間匆促，難免或有錯漏之處，還望各位讀者海涵。

方旭

上村松園　自畫像

壹　美人的事

美人のこと

輕女惜別

在忠臣義士物語[001]中登場的女性中，大概沒有像阿輕那樣美麗卻又命運哀婉的女子了吧。

阿輕出生在京都二條寺町附近的二文字屋次郎左衛門家中，自小養在深閨，舉止文雅嫻靜，散發著京都少女的體貼溫柔。對於這樣的阿輕，我是充滿了無限的好感。

那時候大石內藏助隱居在山科[002]，想要避開吉良派的監視。但是他知道，僅僅隱居是沒辦法完全讓監視放鬆警惕，於是在元祿十五年[003]春天，內藏助開始沉湎於酒色，日日在祇園[004]過著放縱的生活。結果，連以貞淑聞名的妻子也離他而去，回到了豐岡的石束娘家。

內藏助沉迷遊樂的樣子，人盡皆知。就連內藏助的同伴們，也不理解他這樣做的深意，於是商量道：「與其這樣，還不如索性給他添個側室，如此就不會亂來了吧。」

---

[001] 《忠臣藏》取材於元祿十四年的赤穗義士事件。這是日本歷史上一個很有名的事件，被多次改編為影視劇作品。當時有個萬人唾罵的惡人吉良，他逼死了小諸侯淺野。後來，原在淺野手下的浪士，在總管大石內藏助的率領下，殺死了吉良，為主人報了仇。復仇成功的義士們，最後集體剖腹自殺。

[002] 山科，京都地區地名。

[003] 1702 年，元祿為日本年號。

[004] 祇園，京都最大的藝伎區。

　　同伴們這樣說著，於是就拜託拾翠庵[005]的海首座[006]，讓他代為說媒，讓二條寺町的二文字屋次郎左衛門家的女兒阿輕到內藏助的身邊去。

　　即便在美女如雲的京都，阿輕也是數一數二的美人。

　　不用說，內藏助自然是非常高興。

　　「原來把妻子和孩子遣返回豐岡，就是為了迎接那個女人啊」——對內藏助的流言和議論甚囂塵上，因此，吉良方面的監視也漸漸放鬆了。實際上，這正是在內藏助的計劃之中。

　　內藏助很疼愛阿輕。

　　但是，秋天很快就到了。內藏助終於決心要去東邊，讓阿輕回到了娘家。

　　即便是對最愛的阿輕，內藏助也絲毫沒有透露自己的志向。但阿輕卻已經體察到了內藏助內心深處的想法。

　　終於到了元祿十五年十月十六日，第二天內藏助就要啟程。他先參拜了紫野的瑞光院，在主公的墓前叩首，發誓此去為主公報仇。然後又拜訪了拾翠庵的海首座，談天說地，到了傍晚，來到二文字屋。

　　哀傷的阿輕曾以為再也見不到內藏助，今日相見，該是

---

[005]　寺廟名。
[006]　拾翠庵的主人。

多麼高興啊。可相聚終究是剎那之間，到了第二天早上，內藏助說：「我要去迎接岡山國的家老池田玄蕃大人，因此今天啟程去岡山。」聽了這樣的謊言，阿輕和二文字屋的老爺都很失望。

二文字屋老爺為內藏助準備了紀念品和豐盛的酒餚，離愁別緒之下，即便是內藏助，內心也充滿了武士的感懷吧。

阿輕雖然為了離別而黯然神傷，卻依舊舉起酒壺，為內藏助勸進離別之酒。

內藏助一邊飲酒，內心不知作何感想，說道：「阿輕，我們要分別一段時日，可否再聽你彈奏一曲⋯⋯」

內藏助想再聽一次阿輕彈奏的曲子。阿輕心裡也許會想，現在讓這麼悲傷的我彈什麼琴呀，但她還是允諾道：「若是大人希望在離別前聽一曲，妾身自然不會拒絕，那麼就請讓我獻醜了。」於是阿輕取出珍愛的琴，纖纖玉手撥動十三弦，琴聲清越如同風過鬆林。

那麼，該彈什麼呢？阿輕思慮了一會，決定為內藏助的祕密壯行祝禱，一邊吟唱，一邊將萬千愛意和思緒寄託在琴聲上：

「七尺屏風不可舞躍，綾羅衣袂搖曳不絕⋯⋯」

阿輕的歌聲，在內藏助心裡有著怎樣的激盪？內藏助的臉上微微漾起了笑容：「阿輕，再見⋯⋯」

　　如此，內藏助告別了二文字屋，第二天一大早就向著東方遠去了。

　　有人說，「七尺屏風不可舞躍」一句，是由內藏助所說的「吉良家的屏風高幾尺」而來。

　　抱著哀傷的心情，卻彈唱著「七尺屏風不可舞躍」的阿輕，其心性是多麼幽深微茫。

　　聽著離別的琴聲，將死亡早早準備妥當，微微頷首、莞爾一笑的內藏助，他的勇敢是不事聲張的勇敢，其態度是多麼英勇雄偉。

　　即便身心沉浸在悲傷之中，卻絲毫不形於色，而是把心思寄託於琴聲，將離別的惜惜之情和送行前的清心祝福送給內藏助 —— 擁有這樣品格的阿輕，是我所喜愛的女性形象之一。

　　描畫出阿輕的心情，是在明治三十三年。畫完〈繁花〉、〈母子〉之後，我以此故事為素材，畫了〈輕女惜別〉。這是一幅令我懷念的作品。

〈雪月花〉

雪

　　終於從肩上卸下了二十年來的重擔，不由得舒了一口氣。回想起來，我十五歲的時候，在內國勸業博覽會上第一次展出作品〈四季美人圖〉，獲得了一等獎。當時來日訪問的英國皇太子康諾德殿下看中了它，將它買了下來。那幅〈四季美人圖〉和如今我獻給皇太后陛下的三幅組圖〈雪月花〉，可以說是我漫長畫家生涯中交相輝映的兩座高峰了。從自己的口中說出來似乎有自賣自誇的嫌疑，但這次的〈雪月花〉，的確是我傾注了全身心的精力所創作出的作品。

　　二十年前，承蒙侍奉宮中的三室戶伯爵推薦，我受命創作此幅作品。自那以後，我總是想著要盡早完成旨意，所以在這二十年間，我一天也不敢懈怠。但時常被別的畫債所逼，好不容易稍微有點空能著手創作了，就有俗事找上門來，想要專心致志的心也被攪亂了。不知不覺間，耽擱的時間從一天變成了一個月，一個月變成了一年，然後是兩年三年五年七年……歲月如指間沙般流逝，終於拖到了今天。真是令人更加誠惶誠恐啊。

作畫的時候，我常常一邊燒炭取暖，一邊畫底稿草圖，卻總是被俗情瑣事打擾，不能將初心貫徹始終，感到非常遺憾。畫了很長時間，底稿不是舊了，就是被損毀了，不知重畫了多少次，才得到今天的結果。

月

我想，老是這麼下去可不行，於是從今年春天開始，斷然發奮起來，決心這一次一定要完成旨意。我暫時回絕了其他的畫債，一心一意地完成〈雪月花〉。

我每天早上五點起床，馬上洗漱，把畫室的紙拉門完全打開。清晨五點，夜色在拂曉中漸漸褪去，早晨的清爽空氣籠罩四周。近處可以聽見鳥兒的鳴叫，小蟲子們卻還沒出動。把紙拉門敞開大約三十分鐘，就緊緊地關上。這樣做，就能隔絕外界的昆蟲和灰塵，從而保持畫室的清淨。

這樣，每天從清晨到黃昏，一心一意地創作。畫室裡連一隻蒼蠅、一隻蚊子也沒有，畫具上一粒灰塵也看不見。我的意念單純、心意統一，沒有任何事情可以擾亂我的心。一念一事，就這樣，我終於完成了〈雪月花〉。

在我乏善可陳的畫家生涯中，這幅〈雪月花〉真的可以說是創造出頂點的嘔心瀝血之作，真是非常幸運的了。

花

　　呈上完稿的〈雪月花〉也很順利。當時皇太后陛下正好來京都遊覽，在行宮停留了半個月左右。前些天我經由三室戶伯爵引薦，得以帶著畫作入宮觀見，順利地呈給了皇太后。

　　最初，是要把這幅作品裝裱後呈上去的，但是三室戶伯爵說：「要是陛下只是要求呈上畫作本身，就這樣直接呈上去也未嘗不可。也許之後陛下會根據自己的喜好來裝裱它呢，到那時候再說裝裱的事，如何？」於是我拜託一位裱畫師，讓他把畫裱在臨時的蒔繪 [007] 的畫軸上，裝進素木色的木箱裡，再把木箱放在素木色的臺子上，攜至行宮的御書院。在御書院會見了陛下的諸位近臣，由他們轉呈給陛下，獲得了高貴皇室的閱覽。

　　奉旨作畫的時候，皇太后陛下還是皇后陛下。想起來，作為作者的我真是感慨萬千，簡直是戰戰兢兢、如履薄冰。

　　不過事已至此，也只能這樣了。如今我的內心充滿了完成重大責任後的喜悅。從今往後，我打算繼續修身養性，培養神清氣閒的心境，接著自在地享受作畫的樂趣。

---

[007]　蒔繪，漆工藝技法之一，產生於奈良時代，以金、銀屑加入漆液中，乾後做推光處理，顯示出金銀色澤，極盡華貴，時以螺鈿、銀絲嵌出花鳥草蟲或吉祥圖案。以淡雅而優美的表現形式，不拘泥於自然景象的描寫，將其歸納為紋樣，以比較自由的蒔繪形式來表現繪畫一般的效果。

深雪和澱君

美人畫，是畫家專畫美人的畫種，現在一般認為成型於浮世繪之後。說起浮世繪畫家，我喜歡的有鈴木春信 [008] 和宮川長春 [009]。

最近在年輕人中流行的女性畫，我無論如何也喜歡不起來。

雖然不是說女性畫就一定要畫美人，但既然作為藝術、作為美術，如果作品只是一味地給觀者以不愉快的醜惡感，其藝術價值就大減了。因此，雖然每個人有每個人的藝術觀，但看看最近流行的女性畫，全是肥胖到像中毒了似的臉、手和腿，簡直就像是女相撲選手，給人太多的不愉快之感。就算不追求美，至少也不能讓人感覺不快吧。

我當然清楚畫家要畫的主題不一定非要受限制，有時候說不定也要畫叫花子。即便如此，我也認為真正的畫家應該超越叫花子的外表醜惡，畫出不會讓觀者感受到不快的畫。

[008] 鈴木春信（1725～1770），日本畫家，浮世繪早期的代表人物。致力於錦繪（即彩色版畫）創作，以描繪茶室女侍、售貨女郎和藝伎為多。受中國明末清初「拱花」印法的影響，在拓印時往往壓出一種浮雕式的印痕，自成風格，稱為「春信式」。鈴木春信對明和時代的版畫有著決定性的影響。

[009] 宮川長春（1682～1752），日本浮世繪畫家，作品多描繪元祿時代的歌舞伎、風俗和美人。其作品線條柔順，色彩豐富。代表作為東京國立博物館藏〈風俗圖〉和大和文華館藏〈美人圖〉。

叫花子雖然是叫花子，也一定會有能展現出藝術感的地方。發掘出這種藝術感，並將之表達出來，就是畫家的使命。就算是要畫出醜女之醜態、幽靈之恐怖的時候，真正的藝術，也絕不會給觀者以不愉快的感覺。我認為真正的藝術是不會讓觀者覺得不快的。

雖說如此，每個人也都有自己的偏好。我自己也不是說沒有偏好。但我自認為對美人的「美」，沒有偏見。圓眼睛的姑娘甜美可愛，細長眼的女性優雅高貴。長臉圓臉，都有各自的特色，每個人都有可稱為美人的地方。這樣看來，什麼樣的人才是美人，就沒有固定的說法。

時代也是如此。桃山 [010] 有桃山的特色，元祿有元祿的風格。非要說的話，我倒覺得現代的風氣是藝術品位最差的。至少，我非常討厭現代人一味追求時髦的樣子。

現代女性的裝扮也好，化妝也好，與過去相比，各方面是大大地進步了，也更加便利了；但為什麼風氣卻變得這麼品位低下呢？這是因為，女性們對真正適合自己特點的風格沒有認真深入的思考，只是隨大流地追逐所謂的流行時尚。不管適不適合自己，二百三高地 [011] 流行的時候就梳二百三

---

[010]　桃山時代是日本豐臣秀吉統治的時期。上承戰國時代，下啟江戶時代。是中世紀向近代的轉型期。因秀吉居住在伏見城，附近山上有桃樹而得名。

[011]　二百三高地是日本女性的一種髮型，前額和兩鬢梳成屋脊狀，日俄戰爭後流行。

高地，三七分流行的時候就梳三七分；長臉的人也好圓臉的人也好，瘦高個也好矮肥圓也好，都是一樣的風格，因此一點也不協調、不統一、不順眼。

最近在電車裡，像過去那樣梳著橢圓髻[012]和文金高島田髻[013]般高雅髮型的人越來越少了。倒是有許多人頭上頂著像用手團出來的馬糞一般的髮型，不管穿著多麼高級美麗的服裝，也不顯得好看，真是可惜。有時候我不禁變得淺薄起來，要畫個圈圈詛咒現代的風格。

如果一個女人能拋開流行，而去深入地思考真正適合自己的風格，那麼她想不變美都難。我呀，無論如何都覺得過去的髮型是最適合日本女性的。

要是問我過去的日本女性中最喜歡誰，可能很多人會認為我不會在乎外貌而是看重內心。實際上，我喜歡的是《朝顏日記》[014]中的深雪和戰國時代的澱君[015]。內向溫柔的深雪，和好勝如男子的澱君，作為女性，呈現出完全相反的性格，但我卻非常喜歡她們二人所展現出來的個性。還未變成盲人的深雪，從小手箱裡取出扇子[016]，扇面上寫著「露水尚

---

[012] 橢圓形髮髻一般是已婚婦女的髮型。
[013] 文金高島田髻是江戶時代未婚女性和宮女的髮型。
[014] 《朝顏日記》，木偶劇淨琉璃的一出。
[015] 澱君即淺井茶茶，織田信長之妹阿市的女兒，豐臣秀吉的側室，豐臣秀賴的母親。大阪城陷落後與秀賴一同自盡。
[016] 扇子是深雪與情人的信物，上面繪有朝顏花。

未晞」的和歌，正沉浸在不為人知的戀戀不捨中，突然聽到腳步聲，急急忙忙間，將扇子藏在手臂彎下面。我曾經畫過這一瞬間的深雪。澱君我還沒有畫過，但我想總有一次要畫畫看。

畫道和女性

　　德川喜久子[017]公主即將嫁入高松宮[018]家，為了再增添一件新婚家具，京都大學的新村博士代表眾舊臣來到我家，拜託我畫一架屏風。我大概是在去年九月的時候接受這一委託的。但我最初並沒有同意。第一，如今的皇太后陛下還是皇后的時候，我就接受懿旨繪製〈雪月花〉三幅對圖，雖然已經呈上畫稿並獲宮內近臣閱覽，但一直拖著沒有完成。第二，在有限的時間裡要畫出用於婚禮的喜慶屏風，就意味著其他的畫作又要往後拖了，而且也不知道能不能畫出符合聖意的畫來，所以我再三拒絕了新村博士的請求。不過後來聽新村博士說，喜久子公主一直很喜歡我的畫，這次也是公主特意向天皇請求而傳下的旨意。而且就算不是全新的畫，只要完成我事先畫了一半的作品也可以。聽了這麼懇切的話，我突然想到當時在巴黎展覽會上展出的作品 —— 一對雙曲屏風中的一架，年底應該就會回國。那是前年在聖德太子[019]奉讚展覽會上展出的作品，題為〈少女〉，畫的是

[017]　德川喜久子（1911～2004），幕府末代徵夷大將軍德川慶喜的孫女。
[018]　高松宮宣仁親王，大正天皇第三子，後繼承有棲川宮家的香火，宮號改為高松宮。
[019]　聖德太子（574～622），飛鳥時代的皇族、政治家，用明天皇第二子。母親是欽明天皇之女穴穗部間人皇女。作為推古天皇時的攝政，與蘇我馬子共同執政。聖德太子在國際局勢緊張的情況下派遣遣隋使，引進中國的先

　　德川中期的兩個小鎮姑娘。我告訴新村博士，只要再畫一架
屏風，與〈少女〉湊成一對，就算辛苦一些，應該能如期完
成。就這樣，最後我還是接下了這個任務。

　　進入初秋，我也潛心進入新作的立意和構圖。因為已經
畫好的那架屏風畫的是德川中期的小鎮姑娘，為了與此相對
應，我想最好還是畫同一時期的風俗，於是腦海中浮現出
之前在帝展 [020] 中展出的作品，畫的是背對背站著的中年婦
人。我想畫一位品位高雅的城鎮上流婦人，傍晚，她坐在庭
院中的長凳上，望著紛亂盛開的胡枝子 [021]。構思這幅畫的
時候正好是胡枝子盛開的時節，為了畫胡枝子的寫生，我連
著好幾天清晨出發去高臺寺 [022]。

　　婦人穿著黑色的薄衣，隱約透出薄鳩色 [023] 的襯衣。形
象參考了前年參加帝展的作品中的向後站立的婦人，側著
臉，衣裳長長地垂下，坐在長凳上，腳踝附近生著兩三枝胡
枝子花，增添幾抹風情。那架畫好的屏風中的兩個少女的腰

　　　　進文化、制度，制定冠位十二階和十七條憲法，意圖建立以天皇為中心的
　　　　中央集權國家體制。
[020]　即帝國展覽會。
[021]　胡枝子，屬薔薇目，豆科胡枝子屬直立灌木，分枝多、卵狀葉片，花冠為
　　　　紅紫色，是「秋七草」之一，是和歌中常常出現的秋季的風雅意象。
[022]　高臺寺是日本名剎，位於京都東山靈山之麓。高臺寺與著名的清水寺相鄰
　　　　不遠，是祭祀豐臣秀吉的正室北政所的古寺，造型宏偉壯麗；奉祀豐臣秀
　　　　吉與北政所的靈屋以大量桃山時期的蒔繪裝飾，使高臺寺又被稱為蒔繪
　　　　之寺。
[023]　薄鳩色，似斑鳩羽毛的透著淡粉的淺灰色。

帶和衣服顏色都相當華麗，為了形成對照，新畫的這個婦人就盡量選擇樸素的衣色來配，胡枝子葉的顏色也刻意不用寫生畫那樣生機勃勃的青綠色。實際上葉子更加紛亂繁茂，也故意畫得蕭索單調，以展現幽寂的感覺。

　　從十月開始著手畫，到十二月大致上算完成了。然而，十一月底了，在巴黎展出的作品還沒有回國。一打聽才知道巴黎的展覽結束後，又運去比利時參展了。要是湊不成一雙，一切都沒意義了，發電報去外國問那架屏風什麼時候能回國，結果是無論如何都應該來不及了。這時候已經是十二月了。沒想到，最後這兩個小鎮姑娘也必須得重新畫了。這真是完全打亂了我的計劃，但也沒有別的辦法，最後我還是決心著手重新畫。幸好以前畫的草稿還留著，將它們謄到畫紙上，已是十二月過半了。

　　構圖完全和以前一樣，而把左邊蹲著的姑娘的衣服顏色改成了淡紅色系，與右邊站著的姑娘的淡紫色衣服相對應。原本蹲著的姑娘的腰帶是濃綠色，上面有銀粉畫表現的金線刺繡，新畫的腰帶上添了喜慶的鳳凰紋樣。畫中還有令人聯想起春天、翩翩飛舞的蝴蝶，數量稍作調整，從四隻改成了三隻。原本早就能完成的，又拖著拖著，到最後的幾天我每晚都畫到凌晨兩三點。

　　這樣，最後完成擱筆，是一月二十六日的凌晨兩點。前前

後後四個月，倏忽而過，可以說是我近期全心投入的創作了。

關於風俗畫的時代

　　以前，我常自稱是「但凡明治末期以前的風俗，只要有人拜託我畫，我就能畫那個年代的風俗」。總的來說，我所畫的內容裡，過去的風俗畫比現代的要多。想起作品裡所畫的時代風俗，幾乎所有的時代我都畫過。要說起更古代的，比如參加第九回文展 [024] 的作品〈花筐〉，就是取材於謠曲〈花筐〉，我記得背景是繼體天皇 [025] 的時代，相當久遠了。大正六七年 [026] 的時候，應該是在京都的林新助氏紀念展覽會上，當時的參展作品畫的是清少納言，是豎幅畫，大概有三尺到三尺五寸。在那之前的明治二十七或二十八年的博覽會上，我記得也畫過清少納言。回想起那時候，我曾以新田義貞 [027] 呀、平重衡 [028] 呀、源賴政 [029] 呀等古代人物為題材，

[024]　即文部省展覽。

[025]　繼體天皇，日本第二十六代天皇，西元 506 年即位，531 年讓位於皇子勾大兄（即安閒天皇）。

[026]　即 1917 ～ 1918 年。

[027]　新田義貞（1301 ～ 1338），幼名小太郎，正式名為源義貞。為鎌倉幕府末期到南北朝時期之名將，河內源氏一族，新田氏第八代當主。曾經輔佐後醍醐天皇，滅亡鎌倉幕府。但後被足利尊氏打敗，自刎而死。

[028]　平重衡（1157 ～ 1185），是平安時代末期的武將、公卿和歌人。他是平清盛的第五子，擅長和歌，文采出眾，武藝高強，勇力過人。而且相貌堂堂，因此被比作「牡丹」。

[029]　源賴政（1104 ～ 1180），日本平安時代末期武士，源仲政長子。

也畫過大石內藏助與阿輕離別的場景和朝顏日記裡的深雪，總之畫過許多時代的不同風俗。不過回想起來，還是德川時代的風俗畫的最多。

德川時代中後期的風俗，不知為何對我有很大的吸引力。當然我並不是特意只畫這個時代的風俗，但要是說起姑娘，還是這個時代的姑娘有溫文爾雅的氣質，而且這個時代的梳子呀簪子呀髮笈呀等等髮飾和其他裝飾品，花樣種類多，總之想要畫些什麼的時候，第一個浮現腦海中的就是我深感興趣的德川末期的風俗了。

到如今我也不是說刻意不畫現代風俗。也許不知道什麼時候可能會想畫吧。但是帝展中展出的現代風俗畫只一味強調寫實性，我不想畫那樣的作品，我要是畫的話，就要試著加入一些古典的意味。因此看了帝展上的作品，就會覺得「唉，不是這樣」「唉，也不是那樣」，就是遇不到稱心如意的作品。為什麼只注重於寫實的現代風俗作品不能引起我的共鳴呢？非要說的話，應該是這些作品對於後來演變的眼花繚亂的流行元素，沒有理想的歸納和理解，而令我不滿了吧。

關於年輕女性的畫家志願

與男性比起來，女性在繪畫修行的道路上，要伴隨著更多的困難。我家裡有幾十位年輕女性練習繪畫，其中也有一

兩人立志捨棄一切、將一生奉獻給繪畫事業，其本人下了決心，家人也表示支持。但一般來說，女性到了一定的年紀，就會因為家庭或其他的事情，不能堅持最初的志向了。

要將一項藝術事業貫徹始終，對於男性來說亦屬不易，對於女性，更是若無超凡的堅強意志而不可得。必須要有常人之上的拚命努力、刻苦學習、不認輸於任何人的堅強決心和意志。即便對他們有所點撥，也未必保證畫家的工作都能進展順利，一旦半途而廢就容易陷入可悲的結局。我經常收到來自遠方、素昧平生的年輕人的來信，說「無論多苦也好，請讓我一邊在您家廚房幫傭，一邊跟您學習畫畫吧」之類的話語。一般我是不予回信的。但要是一而再、再而三地來信還不回就有點說不過去。京都、大阪一帶的人則更甚，有很多人只是看了帝展的作品就沾沾自喜，連自己有多少天分也不清楚，就輕浮地被虛榮心所驅使，起了「要成為畫家」的念頭。在成為獨當一面的畫家之前，不僅要長年累月的磨練，還要花費相當的資財，要是臨時起意，想著做畫家是立竿見影的事，就大錯特錯了。我在信中寫了這類的意思，至今斷了不少年輕女性志願成為畫家的念頭。

女性的畫道修行，真是難啊。需要相當的、無法言說的忍耐。就算是我，至今也不知道有多少次憤恨不已。但憤怒、吵架，有能起什麼作用？正因為知道這一點，我不知道

有多少次忍住淚水，咬緊牙關。畫家不是膽小懦弱的人能做的工作。

關於對業餘愛好的解釋

我總的來說，算是個身體結實的人。這大概是遺傳自老母親吧。但老母親最近中風臥床了。不過，我的母親不僅身體結實，還是個意志堅強的人。父親死後，留下我和姐姐兩個孩子，母親一力擔起了父親的茶葉鋪買賣，將我們養育成人。

遺傳母親，幸而我是一個結實的人。比起耐熱，我更耐寒。因此從十月到來年的三四月份，是我精力最充沛的時候。喜久子公主的屏風繪製，也正好是在我的身體狀態最好的時候，不管怎樣工作總能貫徹到底，要是在六七月份可就不行了。

我以前曾在杵屋六左衛門派 [030] 的師傅的門下，學習和訓練三弦曲的演唱和彈奏，如今都作罷了，只有謠曲還堅持著。每月四次，金剛流 [031] 的師傅會來我家，我兒子松篁、兒媳婦多根子和我三個人一起練習。我覺得繪畫之外的事情都是專業以外的業餘愛好罷了，也就沒能全身心地投入，也

---

[030]　近世前期以來的長歌的宗家。長歌，又稱三弦曲，是日本近世的一種三味線音樂。

[031]　三弦曲的流派之一。

沒什麼幹勁。三味線也好、三弦曲也好，最初謠曲也好，我都是這麼吊兒郎當的。最近倒想著就算是業餘愛好，既然要做了，就努力做好。正好有六七個同好，也全都是女性，每三個月集會一次練習三番謠，我也就是在這個時候認真投入地學習謠曲的。下一次的集會上我被分配演《小鍛冶》[032] 中的配角，雖然還不熟練，但已經被分配了角色，多少也要認真來練習了。聽高手演唱的謠曲，其曲調中的抑揚頓挫具有不可言說的微妙風味。為了達到這種境界，僅僅聽、品位是不夠的，雖然很難，我也決定要自己努力看看。

　　像這樣，決心深入探究藝術更複雜困難的境界，並為此付出努力，與繪畫之路上的苦心是共通的。我學習謠曲，幾經周折最後也能在繪畫上造成作用。因為是畫家，就一味埋頭作畫，則會讓思維和畫風都陷入死板狹隘的境地。我投入地學習謠曲的初心，說起來也是為了讓自己的藝術哪怕有些微的成長。

---

[032] 《小鍛冶》，能樂的一齣劇目講述鑄劍名匠三條小鍛冶宗近在稻荷明神的幫助下鑄出好劍的故事。

〈砧〉

　　我有一幅作品取材於謠曲的〈砧〉[033]，但是原歌詞中並沒有特別說明時代背景，因此我就自作主張以德川時代的元祿到享保年間的人物來表現。最初我想畫橫幅，並把侍女夕霧也畫進去，但是由於尺寸受限，就變成了這樣的構圖：長七尺七寸，寬四尺。

　　話說九州[034]的蘆屋地區有位門第高貴的武士，因為牽涉到訴訟案子而上京。本以為是短期旅行，卻已過了三年，武士的妻子在家寂寞地等待丈夫歸來。第三年的秋天，跟隨武士上京侍奉在身邊的侍女夕霧回來了，高興地向妻子匯報說武士回家的日子近了。兩人正說著話，不知從何處傳來了響聲。妻子問：「那是什麼聲音？」夕霧回答是下層女子捶打搗衣板的聲音，並講了一個故事：傳說中國的蘇武被流放在胡地的時候，遠在故園的妻子心念著丈夫，不論寒暑都擊打著搗衣板，這聲音甚至傳到了遠隔萬里的丈夫枕邊。

---

[033]　〈砧〉為能劇大師世阿彌創作的能曲，但是年末丈夫仍舊未歸，妻子絕望身亡。丈夫回鄉後，在妻子敲砧處為妻子招魂，妻魂顯現痛斥丈夫。據說日本古時有丈夫不在三年妻子可再嫁的習俗。﹝參考王冬蘭主編《日本謠曲選》（吉林出版集團有限責任公司）。﹞

[034]　九州，屬於日本地域中的九州地方，又稱為九州島，是日本第三大島。舊為築前、築後、豐前、豐後、肥前、肥後、日向、薩摩、大隅，共九國，遂稱九州。

聽了這話，妻子說，那麼我也來試著擊打搗衣板吧。夕霧勸阻說，這可不是良家貴婦幹的活，可是夕霧還是被妻子的真心打動，在房間中擺上搗衣板，兩人一起擊打起搗衣板。這就是謠曲〈砧〉的情節梗概。下面的句子很好地再現了這個場景：

> 說起敲砧憶往昔，
>
> 兩人在此多親近，現只徒留我一身。
>
> 手將和服鋪展平，衣上滿淚痕。
>
> 滿腹愁腸何處訴，上前來敲砧。
>
> 夕霧急忙站起身，隨後緊相跟。
>
> 敲砧曾消怨與恨。[035]

秋意正濃，圓圓的滿月從雲層中探出來，妻子仰面看著夜空一隅的月亮，一邊思念著遠在京城的丈夫，之後一起敲砧的妻子和夕霧的模樣，我刻意畫得既似肖像又似佛像。砧是塗了黑漆的，讓燈臺上的燭光也搖曳閃爍了。

（昭和十三年）

---

[035]　謠曲譯文參考：王冬蘭主編《日本謠曲選》（吉林出版集團有限責任公司）。

〈稅所敦子孝養圖〉

那是日俄戰爭結束後不久的事。

我兒子松篁所在的初音小學的校長來家裡拜訪，對我說：「想在學校的講堂裡裝飾一幅您的作品，請您畫一幅能夠給兒童們以教育訓導的畫贈送給學校吧。」

這是件好事，如果一幅畫能給千千萬萬的兒童以好的影響的話，作為從事繪畫事業的人來說，沒有比這更愉快的事了，於是我就接受了這一任務。不過說起教育訓導的畫，到底要畫什麼好，我卻猶豫不定。當下沒有立刻拿起筆，而是花了很長時間思考主題。

之後，校長先生再三拜訪來拜託我，但我對於畫什麼思來想去，始終沒能想出合適的主題來。

一天，在一本偶然閱讀的書中，看到的以下的和歌，深深地觸動了我的心：

終日的辛勞，也是佛祖賜予我生而為人的恩惠。

真是傑出的和歌啊，我心想著，進而了解到其作者稅所敦子 [036] 女史的故事，一下子就找到了畫的主題。

作為近代女流歌人的稅所敦子，是相當出名的。她的名

---

[036] 稅所敦子，幕末至明治時代的女性和歌詩人。

聲不僅是由於她出色的和歌，還因為她在孝道上也是為人楷模的典範。

敦子女史最初跟隨千種有功 [037] 學習和歌，二十歲時嫁給薩摩的藩士稅所篤之。

然而女史的幸福很短暫，八年後，二十八歲的敦子的丈夫離開了人世。

女史在丈夫死後，前往薩摩 [038] 侍奉婆婆，其孝行感天動地，在此就不一一列舉了，總之她不顧自己的身體，一心一意地服侍婆婆，沒有給自己留後路。

之後（明治八年），其才華為人所惜，女史出仕宮中，任掌侍 [039] 之職。丈夫和婆婆去世後，敦子將全部身心放在和歌上。

我一邊在畫布上描繪稅所敦子女史那至高至純的美麗心靈，一邊不知道暗中為之落了多少次眼淚。丈夫死後，特地遠赴薩摩國，為侍奉婆婆而盡孝道之極。我想一定要讓下一代的年幼學童們體會敦子女史這至高的美德，夜裡也不怎麼睡而努力作畫。我抱著無以言表的愉快心情，將這幅畫送給了初音小學。

[037]　千種有功，江戶後期的公卿、和歌詩人。官至正三位近衛權中將。

[038]　薩摩藩，正式名稱為鹿兒島藩，為日本江戶時代的藩屬地，在九州西南部，在江戶時代，其領地控有薩摩國、大隅國和部分日向國屬地。

[039]　掌侍為日本古代後宮內侍司的三次官，其上級為典侍，最高長官則為尚侍。

　　畫作完成是在明治三十九年，自那以來已經三十八年了。只要一想到期間有許許多多的學童看到這幅畫，能夠認同女史的孝行，我就覺得直到今天，也能感受到當初畫作完成時的愉悅心情。

最初展出的作品——〈四季美人圖〉

　　今天，不論是西洋畫也好日本畫也好，模特兒都是很重要的。而我回首過去四五十年前的畫壇，那種東西簡直不存在。

　　我第一次在展覽會上展出的作品是〈四季美人圖〉，那是明治二十三年，在東京舉辦的第三屆勸業博覽會上。當時我只有十六歲。

　　如今回想起來，因為年輕，筆法尚且稚嫩。因為沒有模特兒，就對著鏡子擺出各式各樣的姿勢，把自己的鏡像畫下來作為草稿，就這樣畫出了最初的〈四季美人圖〉。

　　〈四季美人圖〉是寬二尺五寸、高五尺的絹本畫，描繪了四位女性各自在春夏秋冬四季所處的景色，實在是極其簡單的東西。首先是春天，畫的是四人中最年輕的少女，站在梅花和山茶花叢中。夏天的少女比春之少女要年長一些，就像是年紀相仿的姐姐，穿著繡有紅葉漂流水花紋的羅紗和服，梳著充滿清涼感的島田髻，配景是富有夏日風情的金魚和竹簾。秋天的女性比夏天的少女更要年長，可以說是位少婦，彈奏著琵琶。不論是她的和服還是配景的色彩，都洋溢著秋天沉寂安靜的氛圍。最後到了冬天，畫的是一位上了年

紀的女性，在雪中欣賞一幅畫軸。

如果要說我是怎麼構想〈四季美人圖〉的題材的話，其實也並不是什麼特別深思熟慮的結果。從萬物萌芽的春天到一年中最鼎盛的夏天，到樹木的葉子寂寞地飄散的秋天，最後是自然萬物都沉沉入眠的冬天，我不過是把這一年的四季更迭，配以最為應景的美人畫出來而已。人的一生中也有春夏秋冬四季，我只是想試著分別畫出不同年齡階段的模樣。說起來，真是極其孩子氣的構想啊。

當時的我完全沒有因畫而產生過痛苦、絕望和懷疑。為了思考繪畫的素材而絞盡腦汁，是我的樂趣。畫畫不是苦惱，而是能得到快樂的事。

畫這幅〈四季美人圖〉時我十六歲，說起來還是個半大孩子，當時作畫的心情也是有些天真的。後來回想起來，當時真的沒有特別絞盡腦汁、殫精竭慮地創作。

「老師，我想這麼畫，您看如何呢？」

「嗯，這樣畫就好了。」

就是這樣，真是以一派孩子的天真氣來面對繪畫的呀。

完成一幅畫，費時頗久。

說起用以繪畫的紙，當時一般是用普通紙來練習，如果是需要特別裝飾用來展出的作品，就用絹本來畫，但比起在絹本上作畫，在紙上作畫難度更大。

　　第三屆勸業博覽會在東京召開，我們京都畫壇的作品要在前一年的明治二十二年十二月由京都府廳打包運送去東京。展出的人選是各自的老師從自己的弟子中，自由地甄選出的。

　　「鼓起幹勁，以展出作品為目標好好畫！」

　　「這孩子的繪畫天分還不錯，鼓起勁畫吧⋯⋯」

　　像這樣，與今天的審查制評選方法不同，只要能展出就沒有「合格」「不合格」之分。最後，以自選的形式，讓各位老師選出滿意的作品展出。

　　我記得鈴木松年先生的私塾裡就有十五六幅畫展出了。

　　但是東京的博覽會是有審查的，根據審查員的審查來區分獲獎等級。一等上是銅牌，沒想到我獲得了一等褒獎。

　　獲得一等褒獎的時候真是高興啊。畢竟當時還是個十六歲的小丫頭，根本沒想到啊。

　　當時英國的皇太子殿下正好駕臨日本，來到了博覽會會場，偶然看上我的拙作，讓我的作品獲得了被皇太子買下的榮光。

　　當時這樣的事情在京都是很少見的，報紙上刊登了很多我的畫作、我的介紹。正好在前些天，我偶然間找到了四十多年前在京都發行的《日出新聞》，覺得很是稀罕，就讀了起來。那上面刊載了我在勸業博覽會上展出作品的新聞，我

覺得非常懷念。

　　那時候我的親戚裡，有一位叔父對我學畫的事非常反感，對我母親送我去上繪畫學校十分厭惡。

　　「上村家的姑娘，學什麼畫，以後打算幹什麼呀？」他經常嚷嚷著來我家責難，但母親又不是受別人或親戚照顧才能生活，所以一向不作理睬。

　　然而，正是這個叔父在報紙上看到了我在博覽會上的展出作品得了獎，態度突然為之一變，得意揚揚、歡天喜地，還特地跑來我家裡慶祝。從那以後，這叔父就成了我的，呃，用今天的話說就是「粉絲」吧，對我非常愛護，我參加的展覽會一個不漏地去看，讚不絕口。

　　兩年後的明治二十五年，我以同樣的題材、同樣的幹勁，創作了〈四季美人圖〉展出，這是因為在之前的勸業博覽會上展出的〈四季美人圖〉大受好評，農商務省指名讓我再畫一幅，作為芝加哥博覽會的展品。為此，我還得到了六十日元的獎金。於是我完成的畫被木板框裱裝好運送出去了。當時的六十日元，對我來說算是天文數字。

　　畢竟，當時京都畫壇裡展出作品的畫家除了我之外，好像就只有岩井蘭香先生了。蘭香先生當時已經是六十歲的高齡了，我簡直就像是獲得了破格的待遇。我記得東京的跡見

玉枝 [040] 先生也有作品參展。

　　這幅〈四季美人圖〉獲得了二等獎，美國的報紙上也登載了刊有我大幅照片的新聞報導。

　　當時寄過來的刻有蔓草花紋的銀牌，至今還留在我的手邊。

　　記得當時為我的畫裝裱的京都芝田堂的店主 ── 芝田淺次郎先生聽聞我得獎，就像是自己的作品入選一樣，第一時間來給我慶祝。

　　十八歲的我能與東京的跡見玉枝、野口小蘋 [041] 兩位女史，以及京都的岩井蘭香這位名聲赫赫的女畫家為伍，在博覽會上展出作品，而且還得了獎，讓母親高興地直流眼淚。想起來這已經是令人無限懷念的舊事了。

---

[040]　跡見玉枝 (1859～1943)，明治～昭和前期的日本畫家。生於東京，名勝子，別號不言庵，舊紀州新宮藩士跡見勝三的女兒。師從表姐跡見花蹊，學習四條派，後師從長谷川玉峰、望月玉泉等人。在京都高等女子學校和共立女子職業學校 (現在的共立女子大學) 執教。

[041]　野口小蘋 (1847～1917) 大阪生人，習南宗畫，為皇宮繪製屏風而知名。華族女學校教授，亦多年在宮內任職帝室技藝員，是明治時期著名的女畫家。

關於畫作〈汐汲〉

〈汐汲〉[042] 是我費了相當苦心、花了很大努力的作品。特別是在畫的色調方面，我相當費心。為了取得均衡的畫面，我畫了好幾次素描，直到自己覺得基本滿意了，才開始正式動筆。

這幅畫雖然算不上什麼大作，但整體上展現了我自身的筆觸風格，我自己覺得還算滿意。本來，能讓我覺得滿意的作品，都是難畫的，嚴格來說，這幅〈汐汲〉絕非完美之作，但絕對可以說是我付出了相當努力的作品。

〈汐汲〉是一支優美的舞蹈，它美化了海女[043] 的形象。但不管怎麼說，這畫不夠討喜，也就是說並非新式的作品。不僅不是新式作品，還可以說是非常傳統的描繪方法。但我常常想的是，如果連我這樣的人也不守護舊式畫法的話，在新式畫法流行的現代，就會變得沒有人畫這種作品了。恐怕美人畫也會絕跡吧。

繪畫評論家們對過去的美人畫的藝術價值有各式各樣的看法，而我卻不忍心看著具備獨特的純日本風格的美人畫滅

---

[042] 〈汐汲〉描繪的是一位汲取潮水的美人，因為思念出遠門的愛人，時常頭戴愛人所贈的帽子，身穿愛人贈送的花衣，在海邊翩翩起舞，等待愛人歸來。

[043] 海女，以潛入海中採拾海藻、貝類等海產為業的女性。

亡。當然，時代的趨勢在變化，新的美人畫 —— 姑且就稱之為美人畫吧，總之女性畫的描繪方法自然會改變。但與此同時，我心知自己不想讓舊式的日本風美人畫滅亡，不僅不想它滅亡，還希望前輩的大師和後進的新秀們，能多少對美人畫有些了解、認可，進而鼓勵研究和創作。

可以說〈汐汲〉是我付出了相當努力而完成的作品。本來，我對於敷衍了事、趕著交差的畫，能不畫就盡量不畫。經歷了這次的大地震，人心一變，對於有些畫家像從前那樣畫了些趕工交差的畫，有聲音指出這實在是無法認同。我呢，雖然畫不出優秀的畫，但也不會畫自欺欺人的畫。

創作〈草紙洗〉

　　我的夢幻之國，我的思慕之花，是打開此世藝術的極致之境的能樂。我認為，只有沿著能樂的精微幽妙之路，才能從人間抵達藝術的世界。

　　我在本次文展上展出的作品雖然取材於能樂裡的《小町草紙洗》，卻並非原封不動地把能樂裡的場面畫下來。我所畫的小町，是普通人物的樣貌，雖然穿著與能樂中同樣的壺折 [044] 兩襠背心和鮮紅的寬腿褲，但是臉上並沒有戴面具。然而，我還是在人物的臉上保留了能樂面具的特點，表達了我想充分展現能樂味道的心情。這幅作品取材於能樂，卻以普通人物為載體，包含了我個人的主張和偏好。

　　我在上一屆的文展上展出的〈序之舞〉，也是關於能樂的。一般來說，能樂都有後續，我想也有期盼著後續的鑑賞家，這也是我作為能樂愛好者的樂趣，因此希望多畫幾幅這樣的作品。

　　說到底，所謂能樂，完全是另一番天地。特別是在這雜亂無章的時代，能樂簡直就是與現世涇渭分明的夢幻之境，當然也有現實的部分。從嘈雜喧囂、千頭萬緒的俗世世界一

---

[044]　把下擺收攏披起來的和服穿法。

腳踏入能樂的領域，我們的耳塵即被優雅的樂音所拂去，眼前盡是典雅美麗、高潔華貴的色彩和姿態，和文雅大方、精妙幽微的動作。目之所見，耳之所聽，皆是現世中難以眼見耳聞的遙遠的歷史世界 —— 簡直就像是被引入恍惚之境，我們的魂魄將徬徨在分不清夢幻與現實的世界裡。

沉靜美麗、華麗古香的衣裳飄動搖曳，寬鬆緩和的衣褶線條的姿態和動作，點綴著昔日的畫面，讓人如臨其境，顯現出靜寂的感覺。這種微妙的感覺，不是膚淺到可以口說言明的。

能樂面具是超越了喜怒哀樂的無表情，但如果是出自名匠之手、又為名家所戴，那幅面具上就會顯出鮮明的喜怒哀樂之情。我曾經觀賞過金剛嚴[045]先生的能樂《草紙洗》，深深為那精妙的藝術所感動，想著下次試著將此畫出來。

《小町草紙洗》，眾所周知，是這樣的故事：在宮內的和歌比賽中，大伴黑主[046]嫉妒小野小町，腹黑的黑主事先在歌集中寫下小町的和歌，再汙蔑小町的歌是剽竊自《萬葉集》。他舉著《萬葉集》稱這就是證據，平白蒙冤的小町於是把歌集拿到水裡洗，洗掉了新寫上去的和歌，揭穿了黑主的奸計。

---

[045] 金剛嚴，能樂金剛流派沿用的名號，此處指第一代金剛嚴（1886～1951）。
[046] 大伴黑主，平安時之歌人（生卒年不詳），六歌仙之一。

　　這幅作品趕在十月十二日送出，好不容易趕上時間，真是讓我傾注了不少心血。

　　松篁在創作〈羊之畫〉，夜深了，我悄悄地瞅了眼松篁畫室那邊，燈還亮著，那麼就還是在作畫了。我想著，自己也不能輸給他，就又拿起了筆，母子相互競爭著勉勵自己作畫。

　　松篁也是相當熱心於繪畫了，那麼會畫出怎樣的畫呢——

〈花筐〉和岩倉村

〈花筐〉是我在第九回文展上展出的作品，創作於大正四年。

這幅畫在我為數眾多的作品當中，從很多方面來說都應該算在大作之列，關於創作這幅畫，我還留有許多回憶。其中，關於對狂人的研究，如今想起來還覺得有些妙趣。

這幅畫與〈草紙洗小町〉和〈砧〉一樣，都是取材於謠曲，是一曲戴著美麗的舞台面具表演的狂言。

謠曲〈花筐〉，據傳是世阿彌 [047] 所作，雖然不確定到底是不是這樣。

故事發生在繼體天皇統治時代 —— 住在越前國 [048] 味真野鄉下的大跡部皇子繼位為繼體天皇，不久上京遊玩時，將一封書信和一個花筐作為紀念賜給了寵愛的女子照日前 —— 而照日前則帶著花筐追隨君王的足跡前往玉穗之都，正好碰上君王出行觀賞紅葉，就在君王的必經之路上等待。

---

[047] 世阿彌（1363 ～ 1443），日本室町時代初期的猿樂演員與劇作家。北大著名教授劉振瀛評價：「他的著作，幾百年來，能樂師奉為圭臬，同時也是闡明日本古典美學的重要著作」。

[048] 越前國，古代日本令制國之一，屬北陸道，又稱越州。越前國的領域大約為現在福井縣的嶺北地方及敦賀市。

　　照日前的可愛身姿映入君王眼簾，於是得以召見。君王
想起了越前國的種種，於是宣旨讓照日前在御前表演狂人之
舞。因為此舞，照日前復又得寵，伴駕君側。

　　這就是〈花筐〉的故事梗概。伴隨著照日前的華麗衣
裳，和表現出狂人表情的淒美能面，讓人呼吸停止般如臨其
境，其情狀難以比擬。

　　我雖然打算畫照日前的舞姿 —— 也就是狂人的發狂姿
態，但感到為難的是，我對狂人不甚了解。

　　在《阿夏狂亂》[049] 之類的戲劇中雖然看過女人的發狂
樣子，但阿夏的狂亂是被情慾的火焰點燃的瘋狂，與花筐中
「優雅典雅的瘋狂」有所不同。

　　即便同為「狂亂」的舞台，阿夏和照日前的瘋狂是大相
逕庭的。

　　原本，戲劇舞台和能、狂言的舞台就是不同性質的舞
台 —— 因為有此不同，對於畫家來說，狂言中照日前的瘋
狂之態與阿夏相比，是更難刻畫的。

　　阿夏的狂亂是徹底的，而照日前是奉旨故意做出狂亂的
樣子。從這點應該可以看出阿夏和照日前狂態的不同吧。

　　有人告訴我，要想見狂人，可以去岩倉村。

---

[049] 歌舞伎「狂亂物」也叫狂女物，主要是圍繞販賣人口事件，以表現母親因失
　　　子而發瘋，或者是女性為戀人而瘋狂的主題。其中的名劇之一有《阿夏狂
　　　亂》。

　　位於京都北邊深山中的岩倉村的精神病院，在關西的此類醫院中當屬一流。雖說「一流的精神病院」這種說法有些古怪，總之，京都的岩倉醫院很有名，是與東京的松澤醫院並稱的名醫院。

　　雖然去了岩倉就可以看到狂人，但我擔心，不知道能不能正好找到美麗的狂人作為照日前的模特兒。後來有人告訴我說，「某戶人家的小姐也在那裡靜養，是位美麗的人，應該合適做模特兒」。於是我決定花上幾日與狂人朝夕相處地生活，便出發去了岩倉村。

　　所謂狂人，有的靜靜地坐著，有的埋頭專注於自己手裡的事情，看了他們這樣，我不由得懷疑這些人真的是狂人嗎？並不覺得他們與一般人有什麼不同。

　　從外觀來看，他們渾身上下沒有異於常人之處，乍一眼看上去很難區分是狂人還是正常人，但走近仔細一看，就發現他們做事的指尖和普通人不一樣，我開始覺得果然還是有點奇怪的吧？

　　喜好圍棋的狂人同好們、喜好將棋 [050] 的狂人同好們，各自分組下棋作戰。從稍遠處觀看他們的姿態，實在是莊重坦蕩。雖然看起來是位出色的棋手，可走近一瞧，王將歪著

---

[050] 將棋即日本象棋，一種流行於日本的棋盤遊戲。下文中的王將、飛車、桂馬均是將棋的棋子，與象棋一樣有各自的行走規則。

飛過去奪下敵方的飛車，桂馬越過三四個敵方的棋子深入腹地，不動聲色地將敵方的王將絞殺。

王將被殺，他們的將棋也不結束。在我看來，實在是毫無規則可言，他們對將棋的興致卻如泉湧不絕。從早到晚，不，是日復一日地，毫無規則地下棋，不知厭倦。

總之看起來挺有趣。最初，我覺得他們是在胡來，但看著他們每天都重複這樣的事，不禁想：說不定，這就是他們之間通用的將棋規則呢？

總之，我開始這麼覺得。

這麼說，狂人的棋法是不是很厲害呢？我想到。比起在既定的規則下走棋，按自己的想法自由奔放地飛馬也好，殺王也好，將敵軍的棋子全滅也好，都能心無芥蒂地下棋作戰，一局能下一整天，在自由的作戰規則下我取你的子、你取我的子……對於他們來說，應該沒有比這更有趣的競技了。

如果，將棋沒有既定的規則，那麼他們就絕對不能算是狂人，而是普通人。

他們噼噼啪啪地下著棋，還看著其他的狂人，說：「他們瘋了，不能跟那種傢伙交往啊。」

好像狂人都堅定地認為自己不是狂人。而且，把除自己以外的人都看作狂人。

狂人的臉與能面相似。

因為狂人很少有表情，讓人覺得像是在看能面具。

開心的時候、悲傷的時候、憤怒的時候，狂人的表情都沒有什麼變化。

想來，喪失了「感情自由」的他們，在內心是不是很少有高興、哀傷、憤怒的心情變化呢？

生氣的時候，狂人會以動作表現，但很少在表情上有所變化，這是狂人的特徵。意識到這一點的我，在〈花筐〉中照日前的臉上畫出了能面的特點。

這一招在〈草紙洗小町〉中也用過，畫狂人的臉和畫能面，是差不多的。

本來，能樂〈花筐〉中，用的是孫次郎[051]、小面[052]，觀世流[053]用的是若女面[054]，寶生流用的是增面[055]。我在參考以上的基礎上，寫生了「增阿彌」的十寸神面具，將寫生下來的面具畫成了活人——也就是照日前的臉。

能面和狂人的臉的相似之處非常吻合，用這個方法，我畫出了心目中的狂人之臉。

狂人的眼中閃爍著不可思議的光。雖然狂人的一個特徵

[051]　孫次郎，能面具之一，代表相貌溫和的女性。
[052]　小面，能面具之一，代表最年輕的女性，表情可愛美麗。
[053]　觀世流，和下文的寶生流，是能樂的不同流派。
[054]　若女，能面具之一，高雅年輕的女主角使用。
[055]　增，能面具之一，帶有神性的女主角使用。

是，視點總是投向虛空，但他們的視線果然還是和普通人一樣，對著談話的對象──至少，狂人自己是把視線對著對方的，但從對方看來，那視線是投向旁邊的虛空之處了。

因為畫過狂人的畫，我感到這種「空虛的視線」真是非常難用畫筆表現。

從岩倉村回來後，我還把祇園的雛妓頭髮弄亂，畫下她們做出的各種姿勢；還讓甲部 [056] 的藝伎們以狂亂的姿勢跳舞，寫生下來以做參考。但是，我想果然還是數日間觀察真正的狂人坐臥行止，成為參考的堅實基礎，讓我將關於狂人的種種都能看透。實地觀察取材，是最重要的。

我更加感受到，藝術上單憑想像就創作，是很危險的。

---

[056] 甲部有祇園的練舞場。

如芙蓉花般美麗的楊貴妃

　　我很少在帝展上展出作品，今年打算畫一幅。話雖如此，最近才開始著手，明天才想著開始研墨。題為〈楊貴妃〉，構圖中，貴妃剛剛出浴的美麗肌膚被輕薄的綺羅包裹，憑欄望向宮殿中的花園。本來，說起出浴的場景，好像聽起來有點下流，實際上不是如此。我想表現出極高的品位，貴妃全身在綺羅之中，脂玉一樣的肩膀和雪白的胸脯因為剛剛出浴，皮膚泛著潮紅⋯⋯貴妃旁邊有一位侍女。

　　我常看詩集，特別喜歡誦讀白樂天，其中感懷最深的是《長恨歌》。因此想著什麼時候以此為題畫一幅。這個夏天在大阪舉辦的展覽會上，我畫了一幅楊貴妃的半身像，於是這次準備展出一幅全身像。

　　關於楊貴妃的服裝，在準備期間我去博物館參觀了很多古老的參考資料。在日本的話，從天平時代到奈良王朝，都有那個時代的衣裝、家具和建築的樣式。如果按照《長恨歌》裡的內容，畫的時間背景應該設定在春寒料峭之時，後來我改成了夏日。

（大正十二年）

美人的事

〈舞仕度〉

〈舞仕度〉這幅畫，我從平時就想著什麼時候畫來看看，但一直沒有著手。九月十日去祇園新地拜訪歌蝶小姐，她把大嘉的舞伎介紹給我。我只畫完兩遍寫生，就趕緊著手正式作畫。畫四個人物實在是很費功夫，有整整半個月我每天晚上都只能睡一個小時。這樣夜以繼日地畫，到了第七天下午四點終於漸漸地畫到末尾了。自己都不知道怎麼就畫完了，仍舊沉醉在創作中。

〈母子〉

大概是祇園祭的時候吧，那是很久很久以前的事了。中京地區有一家很大的商店，店鋪前掛著幅美麗的竹簾，那上面的花鳥畫實在是豔麗華美，在我腦海中留下了深刻的印象。

有一年，我想著要配著這個竹簾畫點什麼人物。我在腦海中試著讓各式各樣的人物站在記憶中的竹簾前，最令我

稱心的是一對母子。這就是昭和九年[057] 在帝展[058] 上展出的
〈母子〉。

〈螢〉

　　真要說起畫這幅畫的動機，也沒什麼特別的，只是曾
經看過一句關於蚊帳的俳句——我忘了是一茶[059] 的還是蕪
村[060] 的了——讀來覺得很有趣。但當時也沒到想要為此畫
一幅畫的程度。

　　夏天來臨時，突然喚起了我關於蚊帳的記憶，想到蚊帳
配上螢火蟲應該會很有趣，於是開始創作這幅畫。

　　但是，只有螢火蟲的畫也太不顯眼了，不用說，這幅畫
是以美人為主角的。畫的是美人捲起蚊帳，傍晚的涼風拂
來，不經意地發現帳內飛入幾隻螢火蟲的情景。

　　美人捲蚊帳，聽起來很香豔，但我想這幅畫的關鍵就在

---

[057]　1934 年。

[058]　帝展，即帝國美術院展覽會。

[059]　小林一茶（1763 ～ 1827），日本江戶時期著名俳句詩人，本名彌太郎，別
　　　　號菊明，二六庵等，主要作品有《病日記》、《我春集》等。一茶早識憂患，
　　　　長年貧病潦倒並多次經歷喪親之痛，但他性格剛強，感情豐富，苦難沒能
　　　　使他屈服而流於虛偽矯飾，阿附取容，也沒有能消磨他對天地萬物的強烈
　　　　的愛，因此他的句風別開天地，自成一家。

[060]　與謝蕪村（1716 ～ 1783），本姓谷口，別號夜半亭（二世），畫名謝長庚、
　　　　春星等，江戶時期畫家、俳句詩人。蕪村二十歲前後喪失家產，漂泊至江
　　　　戶，拜師學習俳諧，寄寓於芭蕉傳人早野巴人的夜半亭，為江戶俳壇所矚
　　　　目。以後十年間遊歷各地，致力學畫。後名聲大振。1767 年繼承夜半亭俳
　　　　號，發展成為一代宗匠。

於把這樣的場景描繪得流暢高雅。因此美人表現的是良家婦人的形象。時代背景設定在天明朝 [061] 更早些，當時美人穿著浴衣，因為正要就寢，細細的腰帶在側邊打了個結。

因為是傍晚，所以我盡量讓畫面充滿清涼感。蚊帳和服裝都選用水青色的搭配就是為了表現清涼感。同時，還要注意不要陷入下流，服飾的花紋我都盡量選擇了高雅的模樣。

服裝的花紋樣子其實並無實際根據，只是畫著看上去像是那個時代用的東西。總之，這幅畫的題材本來是會令人聯想起花街柳巷的，卻反而表現出了楚楚動人的清潔感，我很順利地就完成了。

（大正七年）

---

[061]　天明是日本的年號之一。在安永之後，寬政之前，指 1781 年到 1788 年的期間，江戶幕府的將軍是德川家治、德川家齊。

貳　逝去之美

失われた美

浮世繪畫家的手繪：
透霞賞花，更具風情

　　浮世繪畫家的手繪畫，具有與錦繪^[062]不同的風味。這次展覽陳列的有屏風、掛軸、畫卷、畫帖等多種多樣的展品，數量多達兩百餘件。這樣的展覽會是值得一看的。我也去看了，體會到很多有意思的地方。

　　這些手繪差不多都是寬永^[063]前後的作品。雖說這次展覽是以手繪作品為主，但錦繪繁盛的近世^[064]的畫家作品，卻不多。比如明治時代後有名的大蘇芳年^[065]的作品也沒有。

　　之所以讓我覺得「以寬永前後的作品為主」，大概是因為這個時期有很多沒有落款的上乘之作。總之，近世畫家的作品要是更多一點，就好了。

---

[062]　錦繪，一種彩色印刷的浮世繪版畫形式，鮮豔華麗。

[063]　寬永是日本的年號之一，指的是元和之後、正保之前，由 1624 年到 1643 年的這段時間。

[064]　近世，這裡指江戶時代末期。

[065]　大蘇芳年，即月岡芳年 (1839 ～ 1892)。又名一魁齋芳年，晚名大蘇芳年。日本江戶時代末期著名浮世繪畫家。芳年十一歲時入歌川三代國芳門下學習浮世繪，成為由國芳確立的「武者繪」繼承者，後來又學習西洋素描、解剖、透視，並將之融入浮世繪創作。晚年他重新歸於傳統題材「美人畫」。是一位富有傳奇色彩的人物。其作品曾受到日本文壇巨匠芥川龍之介、谷崎潤一郎、三島由紀夫、江戶川亂步的激賞。

　　年代更久遠點的作品裡，有俵屋宗達[066]和又兵衛[067]的畫。畫的是版畫中常見的景色，畫著年輕男女拍手球的屏風也在展覽之列，這幅作品的出色自不必說，無落款的作品中，也有不少有趣的畫。不用說，這是當時畫家的妙筆所生之花，但究竟是誰的作品，卻無法得知了。雖然我也能猜到幾分，但想像終究是想像罷了。作品的好壞和有沒有落款沒有關係。

　　以我所見直言，浮世繪之所以盛名傳世，到底還是版刻的結果——也就是說錦繪比手繪更勝一籌。春信也好榮之[068]也好喜多川歌麿[069]也好，手繪都不及錦繪的神韻。浮世繪果然還是應該在錦繪上賞玩啊。

　　錦繪所擁有的如夢境般豔美的韻致，或者說味道，滲透到人的靈魂深處的柔軟魄力，在手繪上都難以體會到。不僅僅是前述的春信、英之、歌麿，所有的浮世繪畫家的手繪與錦繪相比，都顯得粗糙，色彩也不及錦繪來得優妍典雅，卻是顯得僵硬生澀了。

　　所以，欣賞過錦繪之後再來看手繪，總覺得哪裡不太一樣，不禁有點生疑：「哎，這是春信的畫嗎？這難道是歌麿

---

[066] 表屋宗達，日本畫家，身世不詳，只知他開過「屋」字號的畫店。
[067] 岩佐又兵衛（1578～1650），日本江戶時期的風俗畫家，出身武士世家，其將大和繪與水墨畫技法相結合，開創風俗畫風，作品以歷史題材為多。
[068] 鳥文齋榮之（1756～1829），江戶時期浮世繪畫家。
[069] 喜多川歌麿是江戶時代中期的浮世繪名畫家。

的畫嗎？」恐怕當時的畫家們看見自己所畫的作品成為美麗的錦繪的時候，也會不由得微微苦笑：「啊，居然能做成這麼好看的畫來啊。」

　　我覺得手繪和錦繪之間，就是有這麼大的區別。雖說並非百分之百都是這樣，但十有八九是如此。然而還是有非常傑出的作品，比如葛飾北齋 [070] 的畫，手繪也能有不輸於版畫的效果。展品中有竹內棲鳳 [071] 先生的藏品，是北齋所畫的〈鏡前之女〉，不論是運筆還是色彩，在強有力的基調中透著柔和的光輝，毫無疑問是絕佳的作品。

　　總之，多數觀點認為，在春信之後，錦繪總體上比手繪要更勝一籌。因此，恐怕就不能把錦繪的價值完全歸功於畫家本人的能力了。那工巧的雕刻，精美的印刷，經過一道道流程，才製作出這樣繁複出彩的藝術品。錦繪的誕生，不僅僅是因為有畫家，還因為是有了這些工人的努力。

　　看手繪的畫，筆觸並沒有那麼流暢，也沒有纖細的美感，而是更僵硬刻板。可一旦變成錦繪，線條就變得非常流暢、纖巧了。這確實該歸功於雕刻工人出色的技藝，讓線條

---

[070]　葛飾北齋（1760 ～ 1849），日本江戶時代的浮世繪畫家，他的繪畫風格對後來的歐洲畫壇影響很大，竇加（Edgar Degas）、馬奈（Manet）、梵谷（Vincent van Gogh）、高更（Gauguin）等許多印象派繪畫大師都臨摹過他的作品。

[071]　竹內棲鳳（1864 ～ 1942）日本畫大師。平山郁夫曾經說過：「棲鳳畫技高超，作品注重寫實，具有普遍性，這種寫實性對當時留日中國學生的影響是巨大的。」

呈現出如此柔和的效果。

接著說色彩。錦繪的色調遠比手繪圖要優雅、有層次、充滿風韻。我想這必須要感謝印刷工人的精湛手藝和高超品位。

所以我覺得，從各個角度來看，要欣賞浮世繪畫家的作品，與其直接看手繪，不如透過錦繪來欣賞，要來得更讓人驚嘆。這就像透過霞霧來賞花，花朵反而更有風致、更加動人。

京都舞伎

　　與其他風物的變遷相比，京都舞伎的模樣，改變得還算不大明顯，但是也能聽到，傳統的世界受到時代波濤的擊打聲。舞伎的髮型、髮簪、服裝式樣等，與從前相比，發生了很大改變。過去的純正京都風，後面的髮髻很突出，抹上厚厚的髮油，將頭髮平整得油光水滑。最近流行的髮式是不抹髮油，突出清爽蓬鬆的感覺。

　　夏天要插銀製的芒草式髮簪，看著就讓人感到清涼。現在雖然也插芒草式的銀簪子，但是芒草的形狀卻不像過去那樣草葉合攏，而是散開的。衣裳的花紋也變了。過去，多以裾紋樣、友仙紋樣等沉靜流暢的花紋為主，現在的花紋都變得粗獷恣肆了。

　　我還清楚地記得明治十五六年時，風俗的細微變遷。我想，有必要趁現在把這些流逝的美用畫筆記錄下來。我要是不畫，之後的人們就算看見了畫，也不能實地去親眼見證了，就又多了一處不能以畫流傳世間的地方了。舞伎最好是年輕的姑娘，剛剛出師、不諳世事的樣子才好。雖然身材嬌小，姿勢卻端莊，小也有小的妙處。畫舞伎時最要緊的是在她身子中央、下垂的腰帶。她們「啪嗒啪嗒」地拖著腰帶，

颯颯簌簌地揮動著振袖和服的長袖子，一邊綽約地走著，帶子隨之令人愛憐地搖動，這情趣正是京都舞伎的全部生命所在。

舞伎的服裝也有很多種，一般來說，長袖子，腰帶比袖子稍微短一點點，是最好的。最近吉川先生畫的，是松本阿貞穿著舞伎服裝的樣子，那古典的美麗真是如驚鴻掠影啊。

我喜歡應舉，和那個時代

　　這不是什麼值得特別一說的感想：我對應舉[072]，和他所處的那個時代，抱有特別的憧憬。那沉靜優美的畫風，流暢的描法，真叫我喜歡得不行。像現今這麼趕時間，終究是畫不出大作來的。那個時代的畫家們，都優哉游哉、隨心所欲地積累畫功。大概是三十年前吧，有個叫如雲社的畫家集合展覽會。如雲社定下每月的十一日，不論是哪個畫派，都可以帶上自己喜歡的一幅兩幅作品來，陳列在一起，互相鑑賞品評。景年[073] 曾經展出過畫風潦草的畫，棲鳳和春舉也還年輕。會場中間鋪有紅地毯，還設置了茶位、擺了火盆。人們在出色的畫前面坐下，久久不離。交流起繪畫理論來，百家爭鳴，悠然舒暢。再對比如今，這麼一想，不由得覺得應舉的時代真真是令人追慕不已啊。

---

[072]　圓山應舉（1733～1795），日本畫家。他重視實景寫生，畫過許多寫生帖，藏於圓滿院的〈難福圖卷〉和〈雪松圖〉是其代表作。他的障壁畫溶透視法、實物寫生和東方傳統於一體，極富裝飾性。晚年作品〈保津川圖屏風〉被認為是他的集大成之作。

[073]　今尾景年（1845～1924），名永觀，字子裕，號景年，齋號聊自樂居、養素齋，是日本明治時期京都有名的畫家，擅長花鳥。他十四歲即師從鈴木百年學習圓山派寫生，並青出於藍。〈景年花鳥畫譜〉以一年四季花鳥為主題的寫生作品，分「春」、「夏」、「秋」、「冬」四部，共一百三十四幅畫，描繪的題材異常豐富，花鳥幾乎無所不備，而且禽鳥造型準確逼真，無論飛、動、棲、止，姿態皆自然生動。

寬政時代的少女納涼風俗

　　一直以來，我沒怎麼畫過月食的風景，所以在胸中浮現出畫一次看看的想法。

　　那幅作品畫的是寬政 [074] 年間良家少女的風俗。夏夜，站在開闊的庭院裡納涼的時候，突然想到「今晚是月食呀……」，於是拿出最適宜觀看月食的鏡子。少女仰面眺望天空，心情輕快而不平靜，雖然是以這種俯瞰的視角來畫，但夜更深的時候，反而顯得有些淒涼，所以就以天剛黑不久時的月食為主題，表現夏夜的納涼風情。

　　我畫畫不怎麼使用模特兒，但是這次想要摹寫漂亮的臉型，於是請祇甲的萬龍先生和阿久先生來家裡兩個小時，讓我畫了臉部的素描。如果這算模特兒的話大概就是這樣。進入九月，我才著手畫〈月食之宵〉，快要展出的時候才終於畫好，我連仔細看一眼的時間也沒有。

（明治四十三年）

---

[074] 寬政時代（1789 ～ 1800），此時代的天皇是光格天皇，江戶幕府的將軍是德川家齊。

執筆為畫五十年

　　今年夏天真的感到心情舒暢。之所以這麼說，是因為今年六月完成了皇太后陛下下旨所要的三幅雙御用畫，正好此時陛下御駕京都，於是得以呈上聖覽，真是可喜可賀。

　　報紙上說這是完成了二十一年前的旨意，回想起來是大正五年[075]的秋天，第十回文展[076]期間，我接到了陛下的旨意。原來，已經過去了二十一個年頭了啊。

　　那時候我四十二歲，在第十回文展上展出了作品〈月食之宵〉。當時，現在的皇太后陛下還是皇后，每年都駕臨文展，據說尤其對繪畫抱有濃厚的興趣，那一年正好留意到我的〈月食之宵〉。我在京都的家中，突然收到電報：「邀請您來御前揮毫作畫」。於是趕緊上京，有幸在文展的會場——府立美術館內，於御前作畫。所畫的是鎌倉時代[077]的白拍子[078]。

　　御前揮毫的榮譽，之後也有幸獲得過兩次。大正六年[079]，陛下行幸京都時，在京都市工會堂，我畫了一位享

[075]　1916 年。
[076]　文展，即文部省美術展覽會。
[077]　鎌倉時代（1185～1333），是日本歷史中以鎌倉為全國政治中心的武家政權時代。因源賴朝於 1185 年擊敗競爭的武士家族平家以後，在鎌倉建立幕府，故名。
[078]　白拍子，平安末期、鎌倉時代的女扮男裝表演歌舞的女子。
[079]　1917 年。

保時代[080]的少女，正倚著梅花樹聽鶯鳥的初啼。題名為〈初音〉。還有一次是在大正七年[081]的文展會場上，我畫了藤原時代[082]紅葉狩[083]的風俗，呈貢聖上御覽。在御前作畫的時間有限，所以畫的都是即興之作，顏色也使用淡彩，畫完就直接呈給聖上。

最初在御前作畫的時候，當時皇后宮太夫[084]的三室戶伯爵告訴我，要呈給陛下二幅至三幅的組圖。我趕緊開始絞盡腦汁構想，然後在美濃紙[085]上畫了〈雪月花〉三組圖的構圖草稿，讓伯爵代為呈上。陛下賜言：「這樣就好了，尺寸大小應該是如此……」自那時起，每年春天來臨時，我就對自己說：就是今年了，今年一定要專心在御用畫的創作上，靜心凝神。然而，這邊那邊都在催促我完成之前所答應的畫作。「自我父親那一代就麻煩您了，可是一直未能如願，這次是孫子要娶媳婦，請無論如何也在那之前給畫一幅吧」──被這麼請求，就怎麼也回絕不了，想著「哎，那就再畫一幅吧」，就又開始動筆畫別的作品了。

[080] 享保時代 (1716～1735)，江戶中期的年號。
[081] 1918 年。
[082] 平安時代 (794～1192)，藤原氏以外戚身分攝關干政兩百多年 (898～1184)。
[083] 古代日本人們把秋天在野山觀賞紅葉叫做「紅葉狩」，那是上至宮廷下至庶民都看重的活動。
[084] 太夫，古代日本的官名，五品。
[085] 美濃紙是日本的一種印書紙，原來只有高檔線裝書上才用。紙質潔白，紙紋細膩。

　　我的畫本來是工筆畫，不論是多小的東西，也不能一筆揮就。絞盡腦汁地思索構圖、畫草稿，從最初拿起筆到最後完成，相當花時間。而且，不論是什麼用途的畫，我都一定會使出自己眼下全部的精力和心血，就算是相當著急的請求，我也沒辦法敷衍了事。就這樣，時間被一件又一件的工作填滿，分身乏術。要是輕鬆隨便地畫，就能三筆兩筆畫完，轉向下一個工作；但是御用畫是作為永久御物來保存的，關乎名譽，必須得使出所有精力。越是這麼想，就越往後拖。秋天的時候我又有上交展會展品的任務，之後健康狀況又欠佳，於是又往後拖延。不知不覺間時光飛逝，真是令我誠惶誠恐、心痛不已。

　　這兩三年來，我的身體非常健康，靜下心來決定今年一定要呈上畫作。而且，為了表達拖延多年的歉意，我決心要呈上一組超凡的傑作來。正好三室戶伯爵也說，今年六月，時隔多年未臨京都的皇太后陛下會來巡幸，讓我努力趕上這個時間奉上作品。

　　從早春二月，我拒絕了其他所有的請求，排除雜事，專心著手於御用畫的草圖繪製。為了考證藤原時代的服飾，有時出去寫生。四月時完成了滿意的草稿圖，終於在寬二尺、長五尺六寸的絹上畫出了〈雪月花〉組圖中「雪」的一幅。

　　每天早晨五點起床，漱洗乾淨，我就把二樓畫室的窗戶

全部打開。如此一來，畫室裡就盈滿了清晨裡淨爽的空氣。然後再把窗戶關嚴實，整日在畫室裡工作。清晨，昆蟲還躲在樹木枝葉的陰影處安眠，塵埃也彷彿在空氣中靜止了。畫室之中能一整天保持清淨。

除此之外，顏料在不用的時候也要好好蓋上蓋子，一粒灰塵也不能掉進去。我對其他事情或許粗心大意，但是只要關於畫的事情，可是毫不吝惜自己的。如果顏料弄髒了，或是擺放散亂，就絕不能畫出充滿清潔感的畫來。就這樣，我繼續努力著，在終於畫好雪之圖的時候，三室戶伯爵來了京都，看了我的畫說：「這真是一幅傑作啊。請無論如何趕上六月間皇太后陛下的行程，為了能在行宮呈上作品，請繼續加油吧。」

終於，六月二十日，〈雪月花〉的三幅圖完成了。畫的是藤原時代的貴族風俗，分別以雪、月、花為主題。雪之圖可以看作是模仿借鑑了那幅〈清少納言〉。

二十四日，由三室戶伯爵陪同，我前往皇太后陛下所在的行宮，稟告前來呈上畫作。第二天的二十五日，恰逢陛下的誕辰，三室戶伯爵覲見的時候，陛下正好在觀覽畫作，聽說陛下當時面露滿意之色。

「就是今年，今年一定要完成」——雖說我連睡夢中也這麼想，但自受命以來，已經過了二十一個年頭，真是誠惶

誠恐。不過，這二十年間對繪畫的研究也讓這幅作品更上一層樓了。我雖然充滿了歉意，但是這幅要長久留存在宮中的作品，我已經毫無保留地貢獻出了自己全部的力量。

參　我願望中的事物

私の願い事

女人的臉

臉的時代變遷

美人畫的臉的審美，也是隨著時代而變遷的。過去的美人不知為何，臉總是拉長的樣子，讓人感覺有點呆頭呆腦。在歌麿以前，大部分是多福豆 [086] 那樣的臉，之後變成了瘦長的面具般的臉。不過在任何時代都能稱得上美的，應該首推瓜子臉吧。

臉的中心

如果要問美人畫的臉最需要著力刻畫的是何處，那一定是眼睛了。眼睛的描繪最重要，就算別處稍微有些欠缺，只要眼睛畫得好，整幅畫也能出彩。

畫中人似作畫人

非常奇妙的是，畫中人物的臉，總的來說，與作畫人有相似之處。有時候，即便畫的是貓呀鹿呀之類的動物，也與畫家的臉相像。這是因為畫家在鏡中與自己的臉朝夕相對、

---

[086]　日本人在節分時會在家中撒豆子，說著「鬼出去，福進來」，稱為「福豆」。這裡指像豆子一樣圓鼓鼓。

日夜研究，所以一拿起筆，就自然地浮現在畫中了。真是可笑的事呀。

自己做模特兒

我不是不用模特兒，只是要讓模特兒展現出我想要的狀態會非常麻煩別人，這樣反而增加了我的心理負擔，於是不如自己來做自己的模特兒。

我買了兩面大鏡子，只要作畫需要，我就在鏡子前或站或坐，然後臨摹自己在鏡中的身姿，作為繪畫的素材來研究。當然，自己做自己的模特兒，並不是說把自己的樣子原樣畫下來就行了，必須要在素材的基礎上做出變化。我的影子也給了我很大的參考靈感。白天鏡子中還會映出外面的景物，有時候怎麼著都感覺不太對，這時候就沒辦法寫生出喜怒哀樂的表情了，也就沒辦法用自己來做模特兒了。

（明治三十八年）

苦樂　答某人問
—— 關於作畫時畫家的心境，我是這麼想的

　　曾有位畫家說，畫家畫畫是件辛苦的差事；然而有的畫家又說，這是件富有樂趣的工作。

　　畫家畫畫，到底是苦，還是樂呢？

　　要說這個問題的答案，哪一邊都不是完全正確。對於我們畫家來說，作畫這件事既有苦，也有樂。

　　為什麼這麼說呢？其實很難解釋，如果本人不是畫家，是很難明白的。如果是創作者，一開始就能懂得這句話的真諦。

　　創作繪畫，實際上是很辛苦的。如果不辛苦，且不提作品價值的高低，是無論如何也很難畫出令自己滿意的作品來的。

　　但是，只有苦，也是畫不出好作品的。至少，我想是很難畫出讓自己認同的作品的。

　　畫本身要求著快樂。如果不能快樂地作畫，那麼這幅畫到底是與畫家的期待相違背的。雖然這麼說，僅僅有快樂，也是創作不出好畫的。創作，就是苦中作樂。

　　創作繪畫，實際上是很辛苦的。雖然如此，作為畫家，

必須要在苦中尋找樂趣。苦中作樂，看起來是很矛盾的，實際上絕非如此。

對於畫家來說，創作的辛苦絕非單一的苦。這份苦，對於畫家來說，歸根到底是無上的快樂。要理解其中的意思，必須是身為畫家的本人在創作繪畫作品時，感受到心境中無上樂土的顯現才能體會。

畫家埋頭創作的時候，正是無我的樂土廣佈之時，精神澄澈、心境平和，一絲一毫的俗事人情也不能干擾。如果不能達到這番境地，就是「偽畫家」。

對辛苦的事感到痛苦，對快樂的事感到快慰，這是再理所當然不過的了。但是，獻身藝術的畫家如果把創作繪畫的苦痛，只當做單純的苦痛來看，身為畫家，就有點失去在藝術中的遊刃有餘了。我們畫家，至少要有苦中作樂的渴望。

這不僅僅是關於畫的問題。我平日裡學習謠曲，經常去參加金剛嚴先生舉辦的集會。

我的謠曲水準就相當於初學者，自不待言，我的水準還是半吊子。但這果然與畫一樣，是以快樂為第一目標的。

在謠曲會的席上，有時候我不得不唱。席上坐著一排的名師和厲害的前輩，最初我有些怯場唱不出來，不過後來稍微習慣了這種場合，就徹底忘我，居然能扯開嗓子放聲高歌，自我陶醉地唱完。

　　我一唱起來簡直如入無人之境，也不管曲調的抑揚頓挫，毫無顧忌地從頭唱到尾 —— 松篁說看到我這樣，真是吃了一驚。

　　但是，我自己倒覺得這樣很好。金剛先生也說，看到我這種唱歌的態度，真是禁不住地從心底感到愉快，這比什麼都好。

　　我想，這種感覺與創作繪畫時是一樣的。

　　創作繪畫、練習謠曲，絕非不辛苦。但是，畫家要苦中作樂 —— 這正是創作的第一條件吧。

　　最近，聽說有些只會在創作中叫苦不迭的年輕畫家。對此，我在這裡想說，只有那些能在苦中享受到樂趣的畫家，才是真正具備畫家氣度的。

關於作畫

　　回顧自己的作畫經歷，有時候喜歡德川時期的錦繪題材，有時候又受到中國風的強烈影響，經歷過很多變遷。

　　因此我的繪畫主題有從歷史中選取的人物，如明治二十八年第四屆內國博覽會上展出的〈清少納言〉，以及之後的〈觀義貞勾當內侍〉、〈重衡朗詠〉，還有小野小町、紫式部、和泉式部、衣通姬[087] 等宮中的人物、上臈[088]、女房[089]，等等；也有從中國歷史中取材的「唐美人」。

　　這是因為我學習了不同時代的背景知識，受到各種形式的影響而不斷畫出來的，也可以說是試作或者習作。因為我從幼時起就不論個人好惡地學習漢學、歷史，以充實自己的修養世界。特別是學到與繪畫有關的知識點，我的學習熱情會比平日多一倍，津津有味地記下來。

　　我最初跟隨的儒學者是市村水香先生，夜間去先生處學習漢學的朗讀和講義。

[087]　衣通姬，五世紀初的允恭大皇之妃。她擁有絕倫的美貌，特別是白皙的皮膚透過羅衣光照耀眼，故而人們叫她衣通姬。

[088]　上御年寄，德川幕府時期將軍的後宮～大奧裡的女官，在女官中地位最高、身分最尊貴，出自京都公家，多為中級朝臣的女兒，作為御臺所（將軍正室）陪嫁侍女進入大奧，負責照料御臺所並給予意見，無實權。

[089]　女房，宮中的高級女官，貴族侍女。

　　當時立志做畫家的人幾乎都要學習漢學，這是素養也是基礎。

　　所以大家都去各自的漢學私塾學習，我也曾經常去長尾雨山先生處聽《長恨歌》的講義。

　　另外，寺町本能寺也成立了漢學研究會，我也常去那裡聽漢學講義。

　　有時候我會跟老師請假，或者忙於創作抽不開身，缺席的時候也有，但總之是長期堅持去的。

　　說起學習，我也去博物館，學習中國的古畫、繪卷，有時候為了參考佛畫，還特地帶了便當去奈良的博物館。

　　雖然我對繪畫主題的偏好因時代而變，但從多角度學習各種主題的過程，對於我來說是無上的愉快體驗。

　　回想從年少時開始的研究主題的變遷，大概是從南宗、北宗到圓山四條派，再到土佐派和浮世繪，之後還有博物館、神社佛閣的寶物法器、市井的古畫屏風，我不斷攝取它們各自美麗的地方，從而形成了今天我自己風格的畫風。

〈盛放〉

　　〈盛放〉是我二十六歲時的作品，也可以說是我繪畫事業的一大劃時代作品吧。

　　所描繪的是那個時代京都仍保留著的新娘風俗，這幅畫

的構想起源於我祖父曾擔任經理的和服店家的女兒出嫁。

「小津會畫畫，又能幹，能不能請你來幫忙給新娘穿衣打扮呢？」新娘的父母來拜託我。在去給新娘幫忙的時候，我速寫了新娘的姿態，包括花冠、節、髮簪、揚帽子 [090] 等等，連隨侍的母親那繫在前面的帶子也速寫下來了，這些素材之後幫了我很大忙。

現在新娘穿衣服都到美容院了，還能把其他大小事都打理好，當年就只是親戚朋友過來幫忙。

由我幫著穿衣服的新娘，害羞的神情裡帶著喜悅，看著她把自己的身體託付給女性的親戚們打扮的樣子，我感到這就是人生的盛放時刻。

因此，我把那天的光景移到了畫布上，捕捉了偷窺華麗的婚禮現場的新娘那害羞不安的神情，和隨侍的母親表現出強烈責任感的緊張瞬間。這幅畫在明治三十三年的日本美術院展覽會上博得了意外的好評，從當時的畫壇大家的作品中脫穎而出，獲得了銀牌三席的榮譽。

可以說這也是我的盛放時刻，結出了華麗絢爛的碩果。

（獲獎順序）

金牌〈大原之露〉下村觀山

銀牌〈雪中放鶴〉菱田春草

[090]　女性用於防塵的頭巾。

〈木蘭〉橫山大觀
〈盛放〉上村松園
〈秋風〉水野年方
〈秋山喚猿〉鈴木松年
〈秋草〉寺崎廣業
〈水禽〉川合玉堂

　　恩師鈴木松年先生對於以更優越成績獲獎的我，送出了最大的祝福，使我感到從內心湧出暖流的喜悅。

　　我將青春之夢寄託在〈盛放〉之中，它對我來說是終生難忘的作品。我作為閨秀畫家的地位，也可以說是從那時開始確立的。

〈遊女龜遊〉

　　〈遊女[091]龜遊〉在明治三十七年京都的新古美術展覽會上展出，是我二十九歲的作品。

　　遊女龜遊是橫濱的妓院岩龜樓的一個粗鄙的妓女，當她落入不得不接待外國人的境地時，展現出了大和撫子[092]的氣概：

露溼大和女郎花
花護佳人袖不沾雨[093]

---

[091]　遊女，即妓女。
[092]　大和撫子，讚揚日本女性素雅、端莊秀麗的用語。
[093]　原文是：露をだにいとふ大和の女郎花，降るあめりかに袖はぬらさじ。

　　她留下了這樣一首辭世詩，以自盡來展現日本女性大和魂氣概。

　　當時，連幕府的官員見了美國人、英國人都要俯首帖耳。可能是因為當時的什麼政策，龜遊不得不向美國人賣身。

　　怎麼能屈服於美國人！龜遊悠悠地吟出這首展現日本女性氣概的和歌，慨然赴死，龜遊這種激烈的精神，是如今的女性必須要學習的。

　　女人必須自強——這是當時的我畫這幅作品想告訴世間女性的。

　　看到龜遊的這首和歌，我也想起了水戶地區的先覺者——藤田東湖 [094]，他受龜遊的鼓舞而高喊：「抗擊英美帝國主義！」。

　　渡海而來美利堅，烏雲掩日暗無光。
　　天日之邦本燦爛，振臂一揮顯神通。
　　伊勢海濱蠻夷近，神風乍起發神力。
　　滔滔海水洪波起，擊倒黑船沉海底。

　　東湖的攘夷呼喊自然是激烈的，但龜遊的辭世詩也展現了不輸給他的氣概。

　　歌舞伎大師坂東玉三郎曾出演講述龜遊故事的歌舞伎《降るあめりかに袖はぬらさじ》。

[094]　藤田東湖（1806～1855），幕末學者。藤田東湖之父幽谷是個尊王攘夷論者，東湖自幼受其父的薰陶，深受尊王攘夷思想的影響。

〈遊女龜遊〉這幅作品也可以說是我的呼喊。

想起與這幅畫有關的，還有會場的惡作劇事件。

因為是很罕見的主題，這幅畫在會場中受到了相當的好評，畫前的觀眾一直絡繹不絕。

然而，也有嫉恨我身為女人而出名的人，一天趁著看守不注意，不知道是從哪裡來的不道德者，用鉛筆將龜遊的臉塗得亂七八糟。

發現此事後，事務所的人來到我家，對我說：「發生了不得了的事了。不知道是誰把您的畫弄髒了。就這麼放著可不成，就趁早晨帶來了，請您再改過來吧。」他們就只說了這些，連一點抱歉的意思也沒有，我實在是看不慣他們那副不負責任的嘴臉。我當時正是從心中喊著「女人要自強！」而畫的龜遊，心中十分生氣，於是這樣回答：「到底是誰幹的，真是卑鄙的行為。大概是對我抱有嫉恨的人吧，這樣的話就不要弄髒畫，直接拿墨汁來塗髒我的臉好了。就這麼放著好了，我覺得沒關係。偷偷地改過來這種軟弱的事，我做不到。」

因為我是女人而態度輕慢的事務所人員，看到我的反應這麼強硬，慌忙就看管不善向我正式道歉，於是我也就不再追究了。

當時展覽會期就要結束了，本想將畫就那樣放著，有懂

畫的人來拜託我讓出這幅畫。因此我特地用黃鶯糞便將畫上的髒污擦去，讓作品重見天日。雖然讓出了這幅作品，但一直沒有找到惡作劇的始作俑者。

〈焰〉

〈焰〉是我眾多的畫作中，唯一的一幅淒豔的畫。

所描繪的是中年女人嫉妒的火焰 —— 湧起的念頭如同火焰一般熊熊燃燒的樣子。

畫的靈感最初是從謠曲《葵之上》中得來的，其中的六條御息所的生靈出竅，因此一開始畫的題名是〈生靈〉。但又覺得有點過於露骨，對於用什麼為題好而思來想去，在與謠曲的老師金剛嚴先生商量的時候，先生說：「『生靈』又稱作『生魂』，但是如果叫『生魂』，效果和『生靈』又差不多 —— 不如就叫『焰』怎麼樣？」

受此指點，而且「焰」這個字又很有畫意，於是我就這麼決定了。

《葵之上》取材於光源氏時代 [095] 的故事，但我在畫中選擇了桃山時代風格的裝束。

〈焰〉中的女子，被一時的強烈情感所矇蔽，往好的方面說，是超凡的熱情，足以激發人完成偉業，但要說不好

---

[095] 這裡指平安時代。

的一面，這也是詛咒他人的怨靈的化身 —— 女人的一念之間，根據去向的不同，可能是極佳的結局，卻也可能導致極壞的結果。

為什麼要畫這樣淒豔的畫呢？我自己回想起來也覺得很不可思議。當時我在藝術上遇到了瓶頸，無論如何也走不出泥沼的苦悶，於是把這種執著的心情都投入這幅畫裡了。

那幅畫是大正七年畫的，在文展上展出了。

畫了那幅〈焰〉之後，我的心情不可思議地變得祥和，之後畫的就是〈天女〉。

這是與〈焰〉中女子正相反的形象：溫柔的天女在曼舞升天的姿態。感到無路可走的時候，對工作感到無能為力的時候，就像這樣下定決心，試著做做大膽的嘗試，未嘗不是一種打開局面的方法。如今回想起來，我也能感到畫中人物的可怕。

〈序之舞〉

〈序之舞〉是昭和十一年的文部省美術展覽會上展出的作品，稱得上是我所有作品中的力作。

這幅畫可以說描繪了我理想中最出色的女性形象，展現了我十分滿意的「女性之姿」。

這是一幅描繪現代上流家庭大小姐的作品。日本仕舞中

的〈序之舞〉非常寧靜，展現的氛圍也很高雅，我就是想表現這一點，因此刻畫了這樣優美而凜然不可侵犯的女性氣質。

〈序之舞〉是充滿品位的舞蹈，我在其固定形式的基礎上選取了二段下[096]的舞姿加以描繪。

我自認為畫出了幾分古典、優美、端莊的心性。

為了畫這幅畫，我參考了幾位模特兒：兒子松篁的妻子多根子、謠曲老師的女兒、我自己的女徒弟，等等。我讓多根子去京都最棒的梳髮師傅那裡梳了氣質最高雅的文金高島田髮髻，還讓她穿上出嫁時穿的大振袖[097]和服、繫上丸帶[098]，從而完成了構圖。

最初我打算畫梳著丸髻、氣質高雅、樸素低調的年輕夫人，都已經開始畫丸髻的寫生了，但到了二段舞的內容時，就發現短短的留袖和服不合適。

袖子隨舞翩翩之間，那美麗的曲線就是畫的生命，所以我趕緊重新將人物設定為穿振袖和服的大小姐。

髮髻的蓬鬆度、鬢角的梳法、髮飾的大小，即便只改變了一點點，也會喪失高雅和端麗的感覺。

如果不是女性而是男性，就很難注意到這些細枝末節。

---

[096] 能樂用語。

[097] 振袖和服袖子長而寬大，是未出嫁的姑娘的裝束。出嫁後的少婦的和服袖子變短。

[098] 日本女子禮服帶子，將帶子面料折成兩折，放入芯縫製而成。歌舞伎《降るあめりかに袖はぬらさし》。

關於這些細節，我真是費了不少心血。

我筆下的藝伎，不是只單純地展現出嬌豔之姿的藝伎，而更多描繪的是有個性、有氣魄的形象，也有人說多少感到有些土氣。

這一點在〈天保歌妓〉（昭和十年作）中也有展現——但這是我的興趣，也真是沒有辦法。

〈序之舞〉後來為政府所購買，作為我的〈草紙洗小町〉、〈砧〉、〈夕暮〉等一系列邁入繪畫成熟期的作品之一，也可以說是我的某次劃時代的作品吧。

〈夕暮〉

不論從哪個方面來說，我母親都是一位能幹的人。擅長書畫、裁縫熟練，我至今還好好保存著母親縫製的和服和羽織。因為沒有比這更好的母親遺物了。

如前所述，我家那時候靠母親經營著茶葉鋪千切屋，同名的和服店家的女兒穿的和服好多都是母親縫的。

母親坐在日式房間裡面，孜孜不倦、一刻不停地縫著，直到太陽下山，拿針的手也不停歇。

夕陽西下，四周變得昏暗模糊，母親也絲毫沒發覺，繼續縫著手中的衣物。

我擔心晚飯還沒準備，一邊孩子氣地想著空空如也的肚

子，一邊在母親身後老老實實地坐著，凝視著母親的背影。

突然，靜靜地上下翻飛的針靜止了。

「再有一會兒，只要再把這些縫完就行了……真是……太陽都下山了呀……」

半是自言自語，半是像對身後的我說，母親小聲喃喃道。她靠在紙拉門的旁邊，把針舉到眼睛的高度，右手拿著線頭，一隻眼閉著，另一隻眼睛只留一道細細的縫，盯著針眼想要將線頭穿過去……此時母親的姿態，在我幼小的心靈中留下了無比認真、神聖的印象。

轉眼之間，五十年的歲月過去了。如今閉上眼睛，當時母親的形象也依舊映在我的視網膜上，久久不能消失。

我在第四屆文展上展出的作品〈夕暮〉，其中所描繪的德川時期的美女上直率地寄託了我對母親的追慕，也是我對幼時情緒的回顧。

臨摹畫冊

　　我從開始學畫畫起就開始臨摹，如今也常去博物館之類的地方臨摹畫作。

　　差不多剛開始學畫的時候，我就依樣畫葫蘆地臨摹松年先生、百年先生的作品了。

　　當時，只要有博覽會，不論是什麼場合我都不忘帶上筆盒和臨摹本，畫許許多多的臨摹圖。

　　花鳥、山水、部分的繪卷、能面、與風俗有關的特別展出品，只要是我覺得不錯的作品，我都貪婪地、一個接一個地畫下來。

　　臨摹本使用的紙沒有規定，但我盡量選擇用草漿做出來的好紙，用線裝訂起來使用。最近開始用薄的硫酸紙 [099]，這種紙的正反兩面都可以使用，在畫花草之類的寫生時很方便。今天的年輕人學習臨摹都用鉛筆，我則是用慣了筆盒和毛筆。

　　所謂畫，最後一定要用毛筆 —— 我日常臨摹、速寫常常使用毛筆。因而我用毛筆畫出的線條也比較流暢，比起用鉛筆，毛筆也更加能考驗畫家吧。這與寫慣了鋼筆字的人寫不好毛筆字，是一樣的。

---

[099]　浸泡在含甘油的硫酸溶液中製作出來的紙，表面光滑，呈半透明狀，具有耐水、耐脂性。常用於奶油、藥品的包裝。

　　現在我手邊的臨摹本大概有三四十冊。每一冊的頁數、厚度都各不相同，有很厚的，也有非常薄的。因此模樣也各式各樣，橫的、豎的、大的、小的都有。

　　每幅臨摹寫生作品旁邊我都記下了日期，回想起自己經歷了千辛萬苦畫了這麼多作品，就覺得十分懷念。不論經歷了多少歲月，只要打開臨摹本，當時的點點滴滴就浮上心頭，充滿眷戀。

　　啊，那幅畫是……對了，封存在那邊的大本臨摹裡的某一頁，但其中最細微的點我都能清楚地記憶起來。

　　所臨摹的原圖，只要翻看我的臨摹，就能馬上次想起來，可以在腦海中鮮明地描畫。這是因為我真的下了苦功夫啊。

　　展覽會或博物館也經常為我買複製作品的寫真版，但因為不是自己辛苦畫出來的，看了也回憶不出原畫的真味和細微處的線條。

　　正因為如此，我才努力畫臨摹畫。

　　很久以前，棲鳳先生只要畫了大作，我就一定會臨摹。白天臨摹的話會打擾到先生的創作，晚上太晚了又會給家裡人添麻煩，於是徵得先生的允許，我一大早去臨摹。在學生們和女傭起床之前，我在微暗的天光下前往先生的畫室臨摹，經常把學生們和女傭嚇一跳。

　　元旦的早晨，我鑽進京都的博物館裡，一整天埋頭臨
摹，把館裡的工作人員嚇一跳。想起來真是令人懷念。

　　奮筆臨摹的我既沒有盂蘭盆節也沒有正月。

　　貫注了如此多心血凝結而成的臨摹本，是僅次於我生命
的東西 ── 或者說，是與生命同等重要的東西。

　　前些天我家門前的街上發生火災，畫室的紙門被火光映
得通紅，火星從屋簷上沙沙地落下來，風向也變得很不利，
我不由得想：「這下完蛋了。」

　　當時我想，這麼多年住慣了的畫室如果被燒了，也只能
嘆運氣不好。馬上，我就想到了我的臨摹本。

　　我第一時間把所有的臨摹本用包袱巾包裹好，一邊思考
帶著它們逃出去的方案一邊觀察火勢，萬幸的是風向變了，
附近有三棟房子被燒了，但火舌沒有蔓延到我家。我終於舒
展愁眉，安心地放下包袱巾。

　　為了防止意外再次降臨，這堆臨摹本被我用包袱巾好好
包裹著，在房間的一角靜靜地放了一個星期左右。

雙語

一

　　雖然聽說大阪有又兵衛的展覽，但最終我還是沒有去看。

　　寬永前後的風俗畫中，又兵衛的作品特別傑出。數量雖然不是特別多，但佳作卻不少。但是同樣作者為又兵衛的作品，早期畫的和晚年畫的又很不相同，以至於有傳說又兵衛這個名號其實不是一個人，而是有初代、二代。因為畫風差異太大，也有人說當時或許有別人模仿又兵衛的作品。到了後世，這些作品使都被當成又兵衛畫的了。

　　至今為止，我也看過不少又兵衛的作品了，前些年在祇園祭時，在一戶人家看到了又兵衛的二曲屏風。我當時心想，這真是一幅佳作啊。後來，在另一戶人家看到了一模一樣的又兵衛作品，其圖案花樣與之前所見的幾乎相同，傳說也是又兵衛的作品。但是在我看來，後者與前者比起來，尚有不及之處。雖然這可能是又兵衛本人狀態時好時不好，但也有可能是其他人模仿又兵衛的。雖然不能直個水落石出，總之，寬永前後這樣風格的風俗畫，大致彼此相似，又都傳是出自又兵衛之筆。

二

　　自不待言，作品展現了作者獨特的風格和品位，而且我認為也必須如此。最近有人來與我說起有關個人畫展的事，我覺得在個人畫展上，特別要直率地展現自己的風格。

　　這並不是說一定要費多大的勁，絹本也行紙本也行，形狀不拘，隨意自由就好。畫完其他作品後，想著順手再畫點什麼，然後把這些順手畫的作品一幅一幅地保存起來，再拿到個人畫展上展出，反而會很有趣。

　　正是這類作品，很好地反映了作者的喜好和個性。如果陳列出十幅、二十幅這樣的作品，會很有意思，但說起個人畫展，我看到的多是刻意努力之作，反而很少見到反映畫家真正的心情、展現畫家內在情懷的作品。

帝展的美人畫

我悄悄地來東京看帝展了。

我覺得如今的帝展，不知從什麼時候起，變得與自己格格不入了。並不是說誰的作品哪裡畫得怎麼樣了，而是充斥著會場的花裡胡哨的畫讓我感到不適。抓人眼球的畫雜亂無章地到處都是，還有很多可以說是油膩的畫占領了寬敞的會場，我僅僅是遠觀，就被大大地震驚了。

有人認為，如果不這麼做，可能就與最近的大會場藝術不相稱。如果不這麼做，可能就吸引不了路過觀眾的眼球。但是，這麼辦下去，我覺得日本畫只會慢慢沉淪下去。繪畫的品位，無處可尋。下流的畫、膚淺的畫、花裡胡哨的畫，倒是擠在眼前。那就是所謂的「摩登」嗎？如果不這麼做，就不能展現出摩登的感覺嗎？我覺得，不必這樣為了追逐摩登而故意放棄品位、展出膚淺的畫。

我不認為像那樣胡亂堆砌，就能展現出繪畫的深味。繪畫深中之深的味道，是滲透出來的，不是這麼堆砌出來的，連這個也不知道嗎？

今年畫壇中對伊東深水 [100] 先生的畫作〈秋晴〉好評如

---

[100] 伊東深水（1898 ～ 1972），大正和昭和時期日本的東洋畫家。少年時師從美人畫家鏑木清方。1922 年和 1939 年兩次到過中國。擅長「美人繪」，筆

潮，但老實說，我一點也沒覺得感動。那幅畫給人還差口氣
的感覺。

伊藤小波先生的〈秋好中宮〉雖然是去年的作品，我卻
很喜歡。可能是因為他的水準進步很大，畫作可以展現出很
多東西來吧。

和氣春光先生的〈華燭之宵〉畫的是面目可怖的新娘。

看了木谷千種先生的〈祇園町之雪〉，就讓人懷念起很
久以前的〈遠國〉。

我已經上了年紀，已經被摩登的現代給拋下啦。雖說如
此，我也不想勉強自己去追逐摩登。我要以我的方式，沿著
我一直以來的道路筆直向前。

當然，我也想在帝展上展出作品。每年夏天一到，年輕
人就開始準備展出畫，我也有想要展出些什麼的幹勁。但
是，最近兩三年都沒有好好準備這方面，還有前些年委託給
我創作的御用畫沒有完成，而且嫁入高松宮的德川喜久子
公主委託我畫的二曲一雙 [101] 屏風的期限也快到了。另一方
面，還要準備義大利展的作品，如今每一天都陷入泥沼。

姿秀麗，色彩鮮明，屬浮世繪派最後一個富有成就的傳人。代表作有〈銀
河登〉、〈聞香〉、〈雪暮〉。曾任日本美術院院長的高橋誠一郎稱頌深水是歌
川國芳畫派的最後一位大師。

[101] 屏風由幾個橫著相連的面組成，每一面稱為「一扇」。根據折疊的扇數不
同，屏風的形狀可分為「二曲」、「四曲」、「六曲」等。左右可構成一對的屏
風稱為「雙」，無法構成一對的稱為「片雙」。

　　給喜久子公主畫的是德川時期的少女，坐在長凳上觀賞胡枝子的畫，與早年畫好的兩個少女的畫合在一起成為一雙屏風。十一月差不多能完成了吧。

　　義大利展的作品是二尺五寸寬的橫幅畫〈伊勢大輔〉，與去年在皇室大典上畫的御用畫〈草紙洗小町〉成為一對，嘗試了我迄今為止很少使用的厚重潤色。

　　最近三四年，我要是不戴眼鏡，畫細線的時候就犯難了。但就算畫得慢一點，長時間戴著眼鏡凝視細線條，也會覺得非常疲累。意識到上了年紀，反而不想再每年至少畫一幅自己想要創作的畫了。趁現在，我想要畫下屬於自己的作品。

彩虹與感興

　　我最近在畫一對婦女風俗的屏風，取材於德川末期的風俗，很快就要完成了。

　　這是給東京某戶人家的。當然，畫的主題基本上都由我安排，但我想要畫一些特別的圖，所以耗費了些時日。因為是夏天剛開始的時候接受委託的，畫的主題自然限定在初夏季節。

　　雖然想好了大的主題，但具體要畫什麼，我可要多費心思，自然需要些時日。一天傍晚，我正在家中沖涼，正好來了一陣驟雨。雨停了，家裡有人喊「彩虹出來了、彩虹出來了」。於是，我不假思索地從水裡出來，只見東方的天際架著鮮豔的彩虹……當時，我立刻想到了這幅屏風的主題。我以彩虹為背景，排組人物，已胸有成竹。

　　像這樣，被意外的興致所打動，很快在心中浮現出構圖時的我，能很快地畫出大致的草圖。

　　於是，右邊的單面屏風上，前面畫著竹長凳，一個少女端坐其上。長凳和人物的背後，開著夏荻。白色的夏荻花開得正好，在傍晚的雨後含露而笑。

　　左邊的屏風上，是抱著幼兒的少女，我給她以彩虹作背景。

　　這一對屏風中溢出的氣氛是，初夏傍晚的雨後，溼潤的空氣中輕輕地流動著涼爽之意。這涼爽與婦人的美相得益彰，如果能從中釀出一種清澈柔和的美，我想就太好了。

　　彩虹據說是由七種顏色組成的，而屏風上畫的彩虹卻並非是清清楚楚、明明朗朗的七色組合。如果要是畫成清楚的七色，可能色彩上很美，但會破壞了整體的風格。為了不顯出這樣的破綻，我可是費了不少心思。

　　我曾經為德川喜久子公主出嫁時畫的、現在供奉在高松宮家的一雙屏風也是類似的風格，那上面也畫了荻花。不過為了烘托右邊畫裡的中年婦人，那上面的荻花是秋荻。

　　之前稍微講了些關於感興和興致的事，對於我們執筆者來說，這份感性非常重要。根據興致的高度、深度的不同，作品的風格基調也不相同。根據感興和興致創作出來的畫 —— 姑且不論簡單的小品畫 —— 那些大幅的、耗時費力的作品，就算想要第二次再現，我想也是辦不到的。

　　我在東京和京都看過兩次帝展。看過很多婦人畫，且不說好壞高下，那些濃油重彩除了讓人吃驚之外別無長物。雖然說是會場藝術，不得不這麼做，但塗了一層又一層，塗到昏大黑地，又在上面畫線，我想這對於所有的畫家來說，都是非常非常辛苦的。

　　看到那樣的作品，就算是這麼多年來久別帝展的我，每

年也想著「今年一定要出展」。還有很多人也勸我參加，但是我要麼是後來沒那個心情，那麼是被其他畫債所追，終於還是沒能畫出參展作品來。

在東京看帝展時，我順便也去看了已故畫家的遺作展。但關於婦女風俗的畫幾乎沒有。

其中，給我留下最強烈印象的，是橋本雅邦 [102] 先生用水墨在天花板上畫的龍。其筆勢相當有力，非凡至極。看了那幅畫就知道雅邦先生不是尋常人。

這幅天井繪畫滿了天花板，而且很大，要是站著不動，就看不清全貌。於是主辦方在四周建了臺階，讓觀看者站在臺階上向下俯視著看。

我也站在臺階上欣賞了畫，實在是畫得太好了。

雅邦先生畫這幅作品時，一定也是充滿亢奮的感性。或者說，如果不是如此，就畫不出那樣的作品。

我前面說過，因為高深的感性而創作出的畫，很難再畫第二次。關於這一點，有個小故事。

我曾經在文展上展出過一對屏風畫〈月食之宵〉，畫中的女子們將月食的影子映在鏡中觀看。這幅作品和這次的彩

---

[102] 橋本雅邦（1835～1908）明治時期的日本畫家。參與創立日本美術院，並成為核心人物之一。門生中有橫山大觀、菱田春草等人。其畫作吸收狩野派的傳統寫實法、西洋畫的焦點透視和明暗法，形成了折中的新日本畫風格。作品有〈秋景山水〉、〈瀟湘八景〉等。

虹一樣，也是興之所至而創作的。

須磨[103]的藤田彥三郎先生非常想要這幅畫，雖然很快提出要買，但一時之差，我已經把畫賣給了弘前的某人，沒法再給藤田先生了。藤田先生非常可惜，懇切地對我說，希望我能夠揮毫再畫一幅一樣的屏風。雖然我姑且算是答應了，但無論怎麼想，都沒辦法畫出那種程度的作品，而且，就算畫出來了，終究與最初的畫是不一樣的。最終，我只是口頭上應允，沒有畫出實物來給人家。

因此，第二次的興致，也就是造作的興致，如果借此而作畫，完成的也不過是造作的畫，一定是形聚而神散的。

由此看來，對於我們執筆者來說，第一次的感興，是最重要的東西。

但是，那份感興在興起時雖然鮮豔濃烈，只要時間一過，就會褪色，變得稀薄，有點像彩虹那樣吧。

小心不讓這份感興褪色消失，對於畫家來說十分重要。

---

[103] 須磨，和後文的弘前，都是日本地名。

日本畫和線條

　　日本畫、美人畫、風俗畫……要說起它們從今往後會發展成什麼樣，我也與畫壇的眾人談論過很多，不論如何，我都希望能夠保持日本畫特有的精髓，將其發揚光大。

　　那麼，所謂「日本畫」，特別是風俗畫，其特有的妙處在哪裡呢？我認為最主要是在於從畫筆尖端生發出來的「線條」，它們含有各式各樣的意味，在絹布和紙上自由自在地顯現。

　　說起日本畫的線條，是作畫中最重要的部分。自不待言，日本畫要是沒有線條，就算不上是日本畫。因此，僅憑一根線條，就能決定畫的生死。比如說現在這裡有一幅畫好的風俗畫，這幅畫之所以能稱為畫，其效果我認為大部分應該歸功於線條。

　　所謂線條，對於日本畫來說就是這麼的重要。施以色彩的技能，和勾畫線條的本事，哪一個更加重要？我不能確定。

　　如前所述，沒有線條就成不了日本畫。雖然有的作品不塗顏色也能稱之為畫，但要是沒有線條就不能算是畫了。雖說世間沒有不可能的事，但畫畫卻無法完全無視線條。

　　不僅如此，老實說，我認為僅憑線條就能畫出日本畫最巧妙的地方，就算不用上色，也具備極珍貴的價值。這種畫要是上色了，反而畫蛇添足。我過去也曾有這樣的經驗。畫出了自己非常滿意的線條時，反而覺得要是塗上顏色就太可惜了。

　　我們如此珍視線條，反觀如今的年輕畫家們……不僅是新生代的畫家，其中還有類似我等的老手，在對待線條上變得非常隨意放縱，只顧著胡亂地塗上厚厚的顏色的人越來越多。

　　日本畫的線條，根據其走勢、輕重的不同，不僅可以表現物體的軟硬和疏密，還可以巧妙、如實地表現出物體內部的實質。即便如此，如今的日本畫家中大部分的人都輕視於線條的研究和練習，只顧著花心思在塗色的事情上。令人覺得日本畫所獨自具備的特色在喪失，實在是非常可惜。

　　特別是年輕畫家們畫的畫……那些畫上滿是細弱笨拙的線條和胡亂塗抹的色彩，看到這些畫，我們真是要為純真的日本畫落淚了。

　　要讓這些畫家們來說的話，他們也許會說色彩比線條能表達的效果更加深遠宏大。我卻認為日本畫是因為有了線條才有色彩，不能把色彩置於線條之前。線條的長短緩急、互相交錯，可以表現物體的內側外側，其中奧妙不可言盡。我

　　想拜託如今的年輕人，請再多重視線條一點，請將日本畫所
具有的特色永久地流傳下去。請為此而努力。

（大正十二年）

靄之彼方 ── 對現代風俗描寫的期望

　　從焦慮的情緒中解脫出來，慢悠悠地創作、研究 ──雖然整年都在這麼想著，但還是伴隨著焦慮度過了一天又一天。要說這種焦慮能有什麼成果，對於完全沒有進展的自己，我都失去信心了。我不太知道世間的畫家們是怎樣的，我自己從年初到年尾，不斷地被「這個必須畫」「那個也一樣」的想法糾纏，與此相對，筆頭上的工作卻完全沒有進展，真是急得忍無可忍。

　　如今，我又著手於一幅應該由某王府收藏的作品。這本應該很快完成的，卻又拖久了。

　　說起畫家，整年埋頭於作品的創作中，對於畫家本人來說，有幸福的時刻，實際上也有痛苦的時候。應該畫的東西全部畫好，這真是非常爽快的事，心情也會輕鬆。接著研究自己喜歡的東西，全神貫注，我想沒有比這更加幸福的事了吧。但工作卻不允許。不過事情就看怎麼理解，應該創作的畫好好地告一段落、徹底完成了的話，不知為何心裡會覺得寂寞，然後又可能會對創作產生依戀之情。人心就是擅長自作主張，唉，因為這種狀態而煩惱下去，也是人生的權宜之計吧。

　　我從我的愛好出發，至今為止畫的都是古代婦人風俗畫，可能世間就有人說，我的心情太過於被古代風俗支配了。我並非是特別喜歡回顧古時候，只是這麼做，我覺得會增添作品表現出的深度。現在，眼下的事情誰看了都會明白的。把今天如實地畫出來，在繪畫的深度上，我不置可否。

　　這一點，從今天往回看，看德川時期，感受完全不同。明治時期也是，已經與今天的感受不一樣了。這是因為時代的氣氛恰好蒙上了一層濾鏡的緣故。如今萬事都赤裸裸地可以看透，但隔著五十年、七十年的時光，就有了一層美麗的霧靄。我隔著這層美麗的霧靄，眺望著過去的時代。

　　原封不動地、事物要寫實地、清清楚楚明明白白地，就是現代吧。赤裸裸地、袒露著地、原封不動地拿出來，是今天的習氣，但是我並不覺得這很淺薄。

　　如果我如今的心情告一段落，也有想畫現代風俗看看的心願。

　　我並非一味禮讚過去的時代、詛咒現代的強硬人物。現代就是現代，當然好的地方也看到其優點，非常美的地方也感受到美，我是抱著這種畫家的感受。解放這種心情、試著畫摩登的現代風俗，我想我絕不是不期待的。

　　因此，我如果要執筆畫現代風俗，我將使用怎樣的風格、用怎樣的畫風來表現呢？雖說這不到真正畫的時候不知

道，現在什麼都說不好，但是，我自己對大概的情形並非完全沒有想像。我想我不會把摩登按摩登本身的原樣表現。我將在摩登中，多少引入些古典的氣氛，以此引出充分融合的部分。

年輕人們 —— 尤其是年輕閨秀畫家們的作品，常常教給我很多東西。大家都很聰明能幹，表現也很精巧，這是不用諱言的。但是，有值得學習的地方，和共鳴是不一樣的。能引起共鳴的作品，還幾乎沒有。所謂共鳴的作品，是說那幅作品的一切，都能進入觀者的心，以同樣的音律迴響。也就是說，必須能帶動觀者的個性。

然而，本性被別的個性所帶動 —— 像這樣的作品，我想不是容易有的。

不論哪一方面，我的作風都是源於我的個性，是我獨有的東西，因此根據這種表現方式的作風，也許只有在我這裡終結。但是，不論怎麼說，我並不是只偏重過去、只對過去感到愛戀。總有一天，我會以包含著我個性的思想和作風，試著表現現代的摩登風俗，我自己也對這一天的到來抱著希望和期待。

肆　我，只有畫

私はペイントするだけです

健康和工作

　　去年五月，因為有事而上京的我，在帝國酒店小住了一段時間。上京之前我一直不眠不休地埋頭工作，在酒店入住後我的腦海裡還殘留著畫的事，以至於當時的自己都沒有意識到嚴重的疲勞應該已經襲來了。「應該」，這個用詞好像是在說別人的身體似的，我就是因為對自己的身體毫不關心，才到了今天這個地步。雖然有人說「不把病當病就不是病」，我卻是因為全神貫注於工作而對生病的事不太在意。實在是太忙了，沒有時間去管它。

　　就像這樣，雖然極度的疲勞已經侵襲了我的身體，我也沒有讓它好好休息，上京後就在酒店工作了一個通宵。

　　早晨，從睡夢中醒來的我下了床，走向洗面臺，想擰開水龍頭，但那天不知道怎麼回事，水龍頭非常緊。

　　「真有點緊呢」，我一邊這麼想一邊用力想擰開，腦袋中「呼呼」地吹起冷風。啊！一瞬間，背部的肌肉發出「咕」的聲音。

　　「完蛋了。」

　　我不假思索地喃喃道，身體輕飄飄地像要浮起來，感到身體裡滲出了冷汗……然後我差點當場倒下。

　　事情辦得差不多了，我離開酒店，回到了京都的家裡，但是自那以來，腰就痛得受不了。連著六十天早晚用藥，終於見好了。我想這就是我埋頭工作不知體諒身體的報應吧，從那之後只要有一點疲憊，腰和背就會疼到連打掃畫室和搬運書籍這類活兒也做不了。

　　從三月開始，為了創作展覽會的展出作品，一直勉強自己的身體，確實感到了疲勞，剛一稍微舒展身體就感到搖搖晃晃了。一邊自我警戒要多加注意身體，一邊想之所以這麼工作就變得脆弱，果然是因為上了年紀吧。這時候就感到有點落寞了。

　　去看熟悉的醫生時，醫生就一臉「你看吧」的表情，告誡我說：「到了您這個年紀，就不能跟年輕人一樣啦。三十歲的人做三十歲的事，六十歲的人想要勉強自己做二十歲人的事，就不行啦。」自那以後，到了晚上我就不再執筆了。

　　回想起來，我這個人從年輕時候起就一直很過度地使用自己的身體。到了這個年紀還能保持這種程度的健康，我真得感謝自己的身體。

　　年輕時在春天展出的〈唐明皇賞花圖〉中，我描繪了玄宗和楊貴妃在宮苑裡賞牡丹的場景。為了創作這幅畫，我整整四天三晚沒有睡覺。當時年輕力壯，也是因為畫得正在興頭上，如今想起來真是非常胡來了。

展覽會的最後期限一天天逼近，能最終定稿的構圖卻遲遲無法在腦海中浮現出來。越是焦躁，就越是難以想出好方案。一直困惑了一個星期，終於想到了可堪定稿的構圖。

之後我就不眠不休地將一切精神貫注於這幅畫，開始了作戰。並不是說一開始就決心不睡覺，而是因為最後期限迫近，為了畫出作品，就算想要放下筆，手也會不知不覺地握住畫筆移向畫布，可以說是被畫仙給附體了。就這樣一直畫了四天三晚。

想起中國美人，就想起梅花妝的故事。為了畫南朝宋武帝之女壽陽公主 [104] 的髮型，我也是殫精竭慮了很久。

為了研究中國當時的風俗畫，我去了很多博物館、圖書館，整理參考資料，卻沒有找到與壽陽公主相配的髮型。

髮型是展現公主的品位的關鍵，為此我苦思冥想，直到完全歸納好構圖後的第三天我才掌握了大概。奔走於博物館和圖書館的疲憊身體在畫室裡轉來轉去，研究參考書，也沒有從中找到靈感，於是迷迷糊糊地睡著了。眼睛睜開後，走去茅房，從洗手池裡摵起一捧水，往庭院中的水泥地隨意一灑，瞬間在水泥地上飛散的水花，正像公主的髮型。

---

[104] 壽陽公主，南朝宋武帝劉裕的女兒，傳說落下的梅花在公主的前額上留下了蠟梅花樣的淡淡花痕，拂拭不去，成為「梅花妝」。《太平御覽‧時序部》引《雜五行書》：「宋武帝女壽陽公主，人日臥於含章殿檐下，梅花落公主額上，自後有梅花妝。」

「真是有意思的形狀啊。」我喃喃著，沒想到在這裡找到了公主的髮型。獲得了靈感後，我一氣呵成地完成了壽陽公主梅花妝的畫。我至今也覺得那是美之神的啟示。

夜晚，家裡人都睡熟了，我也覺得有些疲憊，想稍微躺一下，就順手收拾地上散亂的調色盤。眼中突然映入了調色盤中的顏色，疲憊像飛走了一樣，不可思議地，顏色鮮明地映入眼簾。如果其中有罕見的顏色，我就會不由自主地凝視：「哦呀，什麼時候有了這個顏色……稍微給它配點有意思的顏色吧……」於是就塗畫起來，回過神來的時候，不知什麼時候右手上已經拿著筆了。不知不覺間又開始了工作。

同樣地，想要睡覺時突然看見畫上的一根線條：「有點不對勁啊……這根線。」執著於這根線，手不由自主地伸去修正了。這樣不知不覺間又沉浸在工作中了。畫興正濃。終於又過了一夜。不知何時，紙門外清晨的陽光照射進來，這已經是家常便飯的事了。

「啊，什麼時候雞叫的頭遍、二遍？」

我一邊看著畫室的紙門映著清晨的光漸漸變白，一邊回顧昨夜沉浸其中的工作內容。

我這個人，是憑著自己的脾性活下來的，也是為了畫畫而活著的。

對我而言，畫給了我無上的滿足感。

　　昭和十六年的秋天，我正準備展覽會展出作品的創作，胃病犯了，不得不躺下休息一週。這也是不顧身體的後果。

　　胃稍微好些的時候，離最後期限只有十多天了。

　　〈夕暮〉的草圖已經畫好了，我覺得很滿意，想著無論如何要趕上最後期限，雖然又要不顧身體了，但這是一年一次的創作機會，如果因為上了年紀而不能趕上，就太可惜了。我可不服輸，之後整整通宵了一個星期。我想這可能是我最後一次的無理蠻幹吧。

　　一週通宵──雖然這麼說，也是稍微睡了的，所以當時並未覺得非常疲勞。

　　深夜兩點，喝上一杯淡茶，鎮定精神，眍眼作畫。然後一直工作到第二天的晚飯時候，傍晚時泡個澡好好睡一覺。然後夜裡十二點一定會醒來。之後拿起畫筆工作到第二天下午五六點。

　　努力了一週，終於趕上了展覽的最後期限，真是太高興了。

　　〈夕暮〉這幅作品是通宵一週、幾乎都是在夜裡畫出來的，這應該也是什麼暗示吧 [105]。

　　醫生來了，這次快發怒了。

---

[105]　這裡的意思是，作品的名字是〈夕暮〉（傍晚），作品本身也是在夜裡畫出來的，這似乎是上天的暗示。

「你這是極限了，再這樣下去就會倒了。這次會很嚴重的啊。」

雖然很害怕不顧身體的後果，但我的畫興要是起了，就必須工作到深夜。

注意身體，注意身體……每當想到這裡，就遵守醫生的話放下畫筆。相對地，第二天早早起來開始工作。

一般來說，晚上畫畫是不方便的，但是在夜裡畫畫一點也不離奇。

整個世界都熟睡後，達到藝術三昧境界的幸福是什麼都比不了的珍貴啊。

有時候我會這麼想。

正是那種不顧身體地努力、那種魄力和骨氣，將我帶到今天啊。我的身體能容忍我的任性，讓我畫到今天，我真的很感謝。我的母親身體也比一般人硬朗。就像不知道生病是怎麼回事。年輕時不得不努力工作的母親，和我一樣不曾為病痛煩惱。也可以說，是工作保證了母親的健康。

母親在八十歲的高齡第一次倒床就醫，她告訴我，當時是第一次正兒八經地讓醫生號脈。

母親八十六歲時與世長辭。我還有很多很多工作要做，給我多少壽命都覺得不夠。我必須把如今構思中的十幾幅作品給完成。

我很少考慮年齡的事，往後也還有很多必須要研究
的事。

不是惜命，而是還有十幾幅大作一定要完成。我必須
要長壽，必須要有固守這個棲霞軒[106]的覺悟。我夢想著生
生世世、一代又一代都轉生成藝術家，將今生未盡的事業
完成。

美之神啊，但願您再多借我些餘命吧——

---

[106]　棲霞軒，上村松園的畫宅。

楠公夫人

運氣好的時候，我畫心中所想的畫就如同瞬間被鬼神附體，傾注如火的熱情 —— 迄今為止有不少的作品都是這麼創作出來的。

在展覽會上發表的大作，數目也有一百多幅了。

而我想畫的還有很多很多。如果再畫與之前展覽過的作品類似的題材，我的興趣就會消減，我必須胸有成竹之後才能將作品發表出來。現在我卻有一幅可以提前和諸位分享的畫，就是〈楠公夫人 [107] 像〉。

大約是三年前，神戶湊川神社 [108] 的神官來到我家，說：「想請您畫楠公夫人的畫像，在神社供奉起來。」

這番請求是有緣由的，實際上，神官是這麼說的：「湊川神社裡沒有稱得上是鎮社之寶的新畫作，於是把此事與橫山大觀先生商量，大觀先生於是說，『那麼就讓我來畫楠公的像供奉起來吧』，很快著手創作了。前些年，先生完成了一幅出色的作品，也舉辦了迎來神社的供奉儀式。」

---

[107] 楠公，即楠木正成（1294～1336），幼名多聞丸，明治時代起尊稱大楠公，為鎌倉幕府末期到南北朝時期著名武將。他在推翻鎌倉幕府、中興皇權中起了重要作用。

[108] 湊川神社（在神戶市生田區多聞街，也叫楠公社），建於 1872 年，主祭楠木正成，附祭其子正行、其弟正季等一族十七人。

於是有意見說，既然有了楠公的畫像，那麼也一定要供奉夫人的畫像，這才唐突地前來。神官如此解釋了事情的經過，而我也對楠公夫人偉大的人格充滿尊敬和佩服，同時也難以抑制地抱有以畫報國的念頭，當即答應了。昭和十六年四月十七日的湊川神社大祭祀，我奔赴神戶，在神前將此事稟告，並發誓好好完成。

然而，令人犯愁的是，世間沒有留下什麼資料可以參考楠公夫人的面貌。

我四處打聽，可得到的回答都是沒有楠公夫人的肖像流傳下來，於是心中暗想：這次可不是一般的工作吶。

楠公夫人久子，是河內國[109]甘南備村[110]矢佐利[111]的南江備前守[112]正忠最小的妹妹，年幼時就離開父母，在哥哥正忠夫妻的教育下成長為一位賢良淑德的女性。

那麼至少參考一下南江備前守的肖像吧 —— 但是也沒有找到。

「那位久子夫人，到底是什麼模樣呢？」這麼想著想著，一年的時間倏忽溜走了。

湊川神社裡已經供奉有橫山大觀先生畫的〈楠公像〉

---

[109] 河內國，日本古代的令制國之一，屬畿內區域，為五畿之一，又稱河州。河內國的領域大約相當於現在大阪府的東部。

[110] 村名。

[111] 地名。

[112] 備前守，日本古代地方官職。

了，我雖然心急著想儘快把夫人的像也供奉上，但無論如何都想像不出楠公夫人的臉長什麼樣。

然而，去年春天，一位我以前教過的女畫家突然來訪，她是河內出身的人。談話間，我偶然提到了楠公夫人的話題，那個弟子對我說：「有傳言說，楠公夫人是典型的河內型的臉。」

到底什麼樣的臉才叫河內型呢？我完全摸不著頭腦。

「如今也偶有河內型的女性呢，如果發現了我就告知您。」我那位弟子這麼說著就告辭了。

不久，她寄來一封信：「我找到一位河內型的大美人了，您要過來嗎？」

於是我急急忙忙地帶著筆和紙，當天就出發去河內國。

那是甘南備鄉下某戶人家的年輕妻子。

是一位長臉、皮膚白皙、氣質高雅的婦人。

我請求給她畫速寫，但那位婦人不知道我的目的，非常害羞的樣子。多虧我的弟子好好地解釋了，這才終於讓我畫速寫。

站在透過青綠的枝葉撒下來的點點陽光之下，婦人白淨的臉染上綠色的陽光，氣質高雅，溫和恭敬。我一邊畫著她，一邊想像著讓這位婦人穿上過去的衣服，在心中試著畫出了楠公夫人的姿容。

畫完速寫，我還去看了與夫人有因緣的觀心寺[113] 等其他地方，追憶古往。

已經過去了一整年，而我連楠公夫人畫像的草稿也沒開始畫。忙裡偷閒的時候，我會看夫人的傳記，尋找與夫人有關的記事。

為偉大的日本之母、楠公夫人畫像，對我而言是不小的重負。但只要決定要畫了，我就要畫出在我死後也不出紕漏的夫人像。

因為要畫楠公夫人像給湊川神社供奉，令我想起自己還有一件必須要供奉的作品。

那是在京都嵯峨的深處，小楠公[114] 首塚所在的寶筐院[115]。令我回想起弁內侍和正行公之間淒美哀婉的愛情故事。

我也想給嵯峨寶筐院供奉一幅帶有教育意義的畫，內容是楠公夫人給兒子正行講解忠孝之道。

還有祇園後面的建仁寺 —— 我記得小時候曾經得建仁寺兩足院的算卦先生給看過四柱。我答應過要給建仁寺的障子上畫天女。

---

[113] 足利尊氏感動於楠木正成之死，派人將其頭送到河內水分的遺族那裡，葬於河內長野市觀心寺。

[114] 即楠木正成的兒子楠木正行。

[115] 寶筐院是京都右京區的臨濟宗寺院，本尊是十一面木製的千手觀世音菩薩。寺院以南朝武將楠木正行的首塚，和足利義詮的墳墓相鄰而聞名。

那已經是很久以前答應的事了，如今繪畫的機緣還未到。

我想畫好幾位理想中的天女，但是只要筆尖一動，就怎麼也畫不出理想中的天女。

湊川神社的楠公夫人像也好，寶筐院的楠公夫人和正成的畫也好，建仁寺的天女也好，因為想要畫出能流傳後世的作品，就一定要花費相當的時日，才能完成沒有紕漏的畫。不論哪一個，都是大工程，在繁忙的日常中，我實在抽不出空來。

從今年年末開始，我考慮停止其他一切工作，花一兩年的時間專注於這三幅作品。

我想如果不這麼做，就沒辦法完成。

想要時間。

想要時間 —— 我深深切切地，想要時間。

我，只有畫

　　除了畫，我對其他事都一竅不通。不論是家裡的事也好，別的什麼事也好，都束手無策。只有畫，我的心裡只有畫的事。

　　在自己熱心的事上，我不願輸給任何人。年輕時，老師要求我們畫寫生。那時候可不像現在交通這麼便利，就算有兩三里的路程，也只能步行。就連喀啦作響的馬車，也不是去哪裡都能輕易坐的。我一個姑娘家，整備鞋履，和男人們一起出發。同行的也有女生，也不是都像我這般柔弱，簡直就跟男人差不多了。「不要輸給任何人呀，呵呵呵。」女生們這樣說笑著，男生走到哪兒，她們也跟到哪兒。這是我畫的橋本先生的寫生。他的名字叫關雪。我們不知去了哪兒的鄉下，關雪先生在那兒騎馬的樣子，被我畫下來了。畫中的關雪先生胖墩墩的，還真像啊。啊，這都是三十多年前的事情了。

大田垣蓮月尼

日本女性所擁有的美德，包含著堅毅、恭謹、溫柔和女人味。正是有了這些美德，才能在危急關頭發揮出真正的強大力量。

大田垣蓮月 [116] 作為一名女性，身處明治維新的混亂時期，卻能極力堅持國家應該前進的方向，以一己之力維護國家的利益。

而且，雖然內心燃燒著護國的大志，其品行卻處處展現女性的溫柔，不追名逐利，不汲汲於富貴，書寫自己創作的和歌，燒製陶器來補貼家用。她將自己所有的奉獻出來，自己過著清貧的生活，卻仍舊不失謙遜的品格。她稱得上是日本女性的榜樣，也為處於當今嚴峻時局下的我們指示了前進的道路。

當時聚集在京都的志士們都對蓮月充滿了如對慈母般的孺慕之思，蓮月卻從不因此驕矜，自始至終都保持著女性高雅的端莊。這份在堅毅中仍舊保持的溫柔和端莊，正是我們應該學習的。

---

[116] 大田垣蓮月（1791～1875），幕末至明治時代日本女詩人。出生後不久，就成為京都知恩院的寺士大田垣伴左衛門光古的養女。大田垣蓮月的兩任丈夫都早逝，留下的六個子女也先後夭折。蓮月出家為尼後，一邊照顧多病的養父，一邊為了謀生燒製陶器。她在瓷器上點綴自作的詩歌和書畫，稱為「蓮月燒」。

　　在危險的戰爭和緊張的時局下，蓮月卻能夠給人心帶來安定祥和，此乃女性本來的生存之道。也正是因為如此，她才能作為第一個貫徹護國道路的女性吧。

我的生平

　　如果要問我為什麼把此生獻給執筆為畫的事業，可能只是因為我從小時候起就非常、非常喜歡畫畫吧。流淌在身體裡愛畫的血，一定是從母親那裡遺傳的。母親也是有繪畫之心的人。母親的祖父也喜歡畫。他的兄弟還曾以「柳枝」為號作過不少俳句。父親在我出生那年就去世了。

　　母親經營著從父親那裡繼承的茶葉鋪，維持一家生計。祖父是大阪町奉行[117]大鹽後素的外甥，在京都高倉的高級和服商長野商店做了很長一段時間的經理。曾經，和服店主家快沒有繼承人了，祖父就盡力找出可擔後任的人，守著新的繼承人，盡力讓主家再度復興。祖父就是這樣誠實、勤奮的人。我出生和成長的地方，是京都最繁華的四條御幸町。我和姐姐兩人，都是母親一手拉扯大的。

以畫傳意的信

　　我好像不太會說話的時候就很喜歡畫了，因此有一個關於我的笑話。大概是我四歲的時候，好像因為節日還是什麼的，我被喊去親戚家玩。

---

[117]　行，日本武士執政時代的官名，後用作衛門長官的官名，奉命處理事務。

那時候，有一家擺著木版畫和浮世繪版畫的店，我們都叫它「畫店屋」。經過「畫店屋」時我的眼睛就不動了，想要畫想要得不得了。但是我雖然人小，卻也不好意思讓親戚給我買，就努力忍著，正好這時我們家的一個學徒來了。於是我就在紙上畫上圓形，在圓形正中間畫了四方形，再在圓形和四方形之間畫上波浪。就這樣畫了六個，告訴學徒說，從家裡帶如圖所示的東西過來。當時的文久錢就有波浪花紋，而我想要的畫的價格就是六枚文久錢。不會用嘴巴講話，倒會用畫筆畫畫，大人們都笑個不停。

在帳房影處專心畫畫

我七歲的時候上了小學，學校名字叫做開智小學。在休息玩耍的時候，我大多也在室內的石板上畫畫。我記得有朋友拜託我：「也給我的石板畫上畫吧。」

放學回到家，我就從母親手裡拿過日本紙，坐在帳房處一直不停地畫。母親給我買了很美麗的江戶繪木版畫，我很仔細地把它們臨摹下來。我們家的茶葉舖位於繁華的四條大街 [118]，不用拉客也有不少來買茶的客人。

「那個小姑娘看起來很喜歡畫畫呀，每次看她都在畫畫呢」── 我就這樣出名了。

---

[118]　四條大街是京都的一條東西向的主幹道。

來買茶的客人形形色色。有一位像能劇中老翁面具一樣滿頭白髮的老爺爺知道我喜歡畫畫，有時會帶來色彩鮮豔的櫻花畫給我看。那位老人名叫櫻戶玉緒[119]，是櫻花的研究者。還有來京都學習文人畫的繪畫學生，他們也送給過我竹呀蘭呀的畫。

但是我的這一愛好卻遭到了親戚朋友的指責：「女孩子家，應該讓她學學拿針倒茶，女孩子學畫畫，成什麼樣子？」但是媽媽是我的堅強後盾，她表示「是她本人喜歡的，就隨她去吧」。當時，女子繪畫學生總共只有兩三個人，而我，終於成為其中之一。

進入府立繪畫學校

十三四歲的時候，在今天的京都酒店的地方，建立了京都府立繪畫學校，於是我趕緊入學了。最初是學習畫花鳥。在宣紙上臨摹範本，練習運筆。有時候也會去寫生，臨摹古畫，等等。可能是我從小就從母親那裡看到許多江戶繪的美人畫吧，我特別喜歡人物畫。但是在學校裡，人物畫被作為最難的科目，最後階段才開始教。鈴木松年老師知道了我的心思，就對我說：「你要是那麼喜歡人物畫，放學之後就來我這裡吧，我教你畫人物畫。」我大喜，於是每天前往松年

---

[119] 櫻戶玉緒，幕末明治時期的畫家，收集各種櫻花，也以櫻花畫聞名。

老師的私塾學習。

　　不久，松年先生從學校辭職，我也不再去學校了，就在松年塾學畫。松園這個雅號，也是先生給我取的。之後，我師從幸野梅嶺先生，先生去世後，又拜竹內棲鳳先生門下。

堆成小山的寫生稿

　　畫人物畫，盛產江戶繪、錦繪的東京有很多素材可供參考，而京都則是花鳥畫家多，不怎麼有欣賞美人畫的機會。因此我常常對著鏡子畫自己的寫生，或是畫各式各樣人物的速寫，幾乎都是自學的。我總是在袖兜裡裝上墨盒和日本紙出門。祇園祭對我來說，有不同於其他人的特殊意義，因此我對祇園祭特別期待。那是因為，中京地區附近的大店鋪，在祇園祭的時候會拿出祖傳鎮家寶的氣派屏風裝飾在店面裡。世代相傳的大老鋪裡真的有非常華麗的屏風。這裡有「屏風拜見」的習俗，每個店都把屏風掛起來展覽，吸引來的客人越多店主就越自豪。我一邊走一邊看，要是看到不錯的屏風，就擠進人群去「屏風拜見」。

　　這時候店裡的夥計都很客氣，有的還會說「二樓也有，請您上來看吧」，爽快地給我看，真是幸運。我想把它們臨摹下來，就說「請您讓我臨摹吧」，就在店裡一坐坐半天，畫到忘了時間。

　　當時可不像現在這樣常常有展覽會，很少有觀賞好畫的機會。我只要從別人那裡聽到哪裡有好的畫，不論多遠都要前往拜見。名家的展賣會上也會有精彩的作品，所以我一定都會去。我也會帶著便當去博物館逛一整天。只要出去，就一定畫了寫生稿回來。寺廟裡也藏有好畫，不僅是京都，連奈良我也經常去。就這樣，我把能見到的中國、日本的古畫都仔細地臨摹下來。

　　在博物館裡看到紀貫之[120]優美的書法，結構複雜的字體優雅地舒展，我看到這些美麗的書寫方法，也臨摹下來，抄在畫的邊上。這就是自然的書法練習。曾經去過一個大名的展賣會，在那裡發現了一卷非常優美的紀貫之書法，本來只打算臨摹一兩行的，不知不覺間卻全部都臨摹下來了。身邊的人還調笑我說「還是你的書法更好啊」。就這樣，我年輕的時候時不時地臨摹、寫生，如今我的手邊這樣的寫生稿都快堆成小山了。苦心地尋訪、費勁地臨摹的這些古畫，即便過了二十年、二十年，也在我眼前清晰地浮現。後來一切都變得方便了，也能看到照片版，但看照片的話，即便當時好像記得很清楚，很快就忘得一乾二淨。每次當我翻閱這些寫生稿，當時的各種思緒都令人懷舊地湧上心頭。這是我最

---

[120] 紀貫之（886～945），日本平安時代初期的隨筆作家與和歌聖手。在日本文學中，他被公認為後世物語、平假文日記等散文文學的先驅。

最寶貴的東西。

　　後來，有一次我家附近起了火，一時間我家處於下風口，大家說「已經很危險了，趕緊搬點東西出來吧」。這個家是我親自建成的，不過真要燒了也實在是沒辦法。哎，還是想想要救什麼重要的東西吧 —— 這麼一想的瞬間，腦海中浮現的就是那些寫生稿。對對，就是那個 —— 我趕緊跑上二樓，用大包袱把寫生稿一張不剩地包起來。好在之後風向轉變，我家也不用擔心被燒了，就上了三樓，來到了救火的男人們所在的屋簷。像這樣的光景可不多見呀，我從容地仔細觀察起來。

最初獲獎的十五歲之時

　　我的畫在展覽會上初次獲獎，是在明治二十三年 [121]，我十五歲的時候。在東京舉辦的第三屆內國勸業博覽會上，我展出了〈四季美人圖〉，並獲得了一等褒獎。這幅作品畫了四個季節的四位美人，尺寸是二尺五寸乘五尺。這幅畫吸引了當時來我國遊覽的英國康諾德皇子的注意，並榮幸地被皇子買下。當時京都《日出新聞》上刊載的報導最近又再次刊登了，因為覺得很有趣，我就剪了下來。不論怎麼說，一

---

[121]　長尾雨山（1864～1942），本名甲，通稱禎太郎，字子生，號石隱，日本讚岐高松人。吳昌碩曾稱讚其書法「羨君風格齊晉唐，書法遒勁張鐘王，意造不學東坡狂。」

個十五歲的少女能獲得一等獎，作品還獲得了英國皇子的認可，那真是無上光榮的事。而今這樣的事情已經很少見了。

如此，我執筆為畫的生涯揭開了序幕，雖然當時並沒有決心要一生以畫安身立命。但是我的繪畫事業，從未止步。

真正考慮要以繪畫當作一生的事業，是在之後，大概二十、二十一歲的時候。從此以後，我的腦子裡都只想著畫的事，不論花開花落，月圓月缺，我只想著一件事，那就是繪畫。

母親一個人經營著店鋪，深夜還要趕做裁縫活，一直支持、鼓勵著我。

勤學苦練

立志一生為畫之後，雖然內心和男人一樣堅強，但可悲的是，我的身體還是女人。也因此，除了學習之外我還經歷了各式各樣的困難。我雖然體格小，但遺傳母親，身體非常健康，辛苦的練習都能承受。但是如果要出去寫生，一個年輕女孩，到底還是不能想去哪就去哪。實在沒有辦法，就加入十二三名男學生的隊伍，一起寫生旅行。早晨天沒亮就起來，把便當綁在腰上，打上綁腿就出門了。跟著男學生的步伐，一天要走八九里路。停下就畫畫，畫完就接著走。有時候去到了吉野山的塔之峰，整整三天，不是在走路就是在畫

畫。回到家時，我的腿腫得像白蘿蔔一樣，想要站起來的時候，如果不呻吟著就站不起來。

多虧了那時候的鍛鍊，如今我的腿也很硬朗。四五年前去了信州的發甫溫泉，在那麼陡的山路上我都能平步如飛。

此番必定成功

要畫出好的作品，不用說，一定要經過多方面的研究；但最要緊的是「信念」，這也是一種「氣魄」吧。不論在畫什麼時，不，還有下筆之前的構想時、反覆錘煉題材和構圖時，我都抱著「此番，必定能成功」的信念。然後整理構想，最終到了作品淬火的階段。要是太糾結了，反而會畫不好，因為會出現各式各樣的錯誤。這時候，如果喪失「此番必定成功」的信念，一切就完了。要克服自己的軟弱、強化自己的信念，追問自己到底應該怎麼辦，不屈不撓地尋找犯錯的原因。比起「唰唰」地快速完成的作品，途中經歷了各種失敗的作品反而更好，這是我從多年經驗中總結出來的。只要能在創作過程中堅持這份氣魄，最後絕不會畫出後悔的作品。我之所以能稍有些這樣的氣魄和自制力，是因為繼承了母親的血脈，受到了母親的鼓勵。

業餘愛好：謠曲・鼓・長歌

作為業餘愛好，我練習金剛流的謠曲大概有二十年了。我也跳日本舞，也練習鼓和長歌。過去還練過地方歌謠。雖說是業餘愛好，我並不把到目前為止堅持下來的愛好當作遊戲。因為它們，我覺得自己的藝術更加豐富了。春秋天有謠曲的排練會，我曾獨自擔當主角來演唱。兒子松篁也參加，我唱完之後，問他：「我唱得怎麼樣？」他回答道：「且不提您唱得好不好，總之，能坦然地當眾演唱了。」我聽後笑了。謠曲的老師也說：「最重要的是能真正發自內心地享受謠曲本身。」雖然發揮的水準時有波動，我本人是發自內心地享受演唱的過程，努力地演唱，毫無顧慮地樂在其中的。

眼觀六路，耳聽八方

要畫好畫，必須時刻眼觀六路，耳聽八方。年輕的時候，我跟隨市村水香（前文已出現過）先生學習漢學，在長尾雨山 [122] 先生門下學習漢詩的講義。為了研究舊時代的衣裳，在染色祭等有衣裳陳列展的場合，我都前去觀看，能看到長罩衫 [123]、加賀友禪 [124]、帷子 [125] 等。我也去看戲，但是

---

[122]　長罩衫，日本近世武士家婦女禮服的一種，套在和服外，拖著下擺。
[123]　加賀友禪，日本舊加賀國（今金澤）的友禪綢染色法製作的和服。
[124]　帷子，沒有裡子的單層和服。
[125]　三昧，佛教修行方法之一，是精神集中、身心安定的狀態。

卻不能和其他觀眾一樣輕鬆地觀看，而是始終緊繃著肩膀盯
著舞台，捕捉美麗的瞬間，畫下速寫，記下衣裝打扮的樣
子。有時候也去看電影，借此了解猛獸的寫真、海底捕魚的
生態場景，很有趣。美麗景色的畫面和人物，都成為很好的
創作參考。現在，我也不會錯過流行服飾的陳列會。美術俱
樂部、公會堂、八坂俱樂部等主辦的陳列會，忙的時候，一
天要跑三個會場。

　　一直這麼看下來，就能很輕鬆地明白今年最新流行的顏
色是這個、富有古典味的流行色是那個。還有，圖案會、陶
瓷器會、雕刻會，我都去參觀。

繪畫三昧 [126] 的境界

　　手持畫筆已經五十年，如今的我已經沒有一天不手持畫
筆了。心無雜念，只一味地研究繪畫。拿起畫筆的時候是我
最快樂、最寶貴的時候，身心愉悅，心情舒暢 —— 就是進
入了繪畫三昧。畫壇的糾紛，我也能以隔岸觀火的心情來看
待，而不捲入其中。要達到這等境界，必經歷過一番風雨，
人生的小船也曾飄搖到幾近沉沒。我就曾經歷過各式各樣艱

---

[126] 「火中生蓮花，是可謂希有；在欲而行禪，希有亦如是。」見 2011 年 9 月北
　　京第 3 次印刷《佛教十三經》之《維摩詰經 · 佛道品八》。即在火裡生長出
　　來的蓮花。比喻雖身處煩惱中而能得到解脫，達到清涼境界。在火中生蓮
　　是難得的，在有欲的世間行禪亦是難得的。另，明代李芳流：「雪中芭蕉
　　綠，火裡蓮花長。」

難困苦，有時是藝術上的停滯，有時是人際關係的煩惱，我有好幾次想著與其這樣痛苦地活著，還不如死了輕鬆，我是真的這麼想過的。走出過一次次這樣的困境，人真的會變得堅強、強韌。如今回想起來，年輕時所經歷的那麼多苦難堆積起來，融合成一體，都被藝術轉化、淨化，我才能獲得如今的境界啊。

　　我的心裡整天都被畫的事情填滿，特別是夜晚。我的一天中最寶貴的時候，是入睡前的四五十分鐘。年輕時鑽入被窩後，我有必須看點報紙和雜誌才能入睡的習慣。看一會兒，睡意就會襲來。於是熄燈，伸展身體，靜靜地把手在胸前交叉，閉上眼睛。但也不能就此入眠，在安靜了一會之後，閉上的眼睛前浮現出各種美麗的色彩，過去看過的帶綴線的漂亮花陽傘，還有常年觀看的畫卷也生動地展開。就這樣，不一會兒，我就睡著了。然後第二天晚上又是如此。這樣過了一週，就能在夢境中獲得具體的創作靈感 —— 我常常有這樣的體驗。

　　就算我對別人說「今晚要早點睡」，按照我平常的習慣，為了關畫室的窗戶，我會進入畫室，白天所畫的畫會映入眼簾。於是順手拿起筆，再添一筆。順便也翻一下旁邊的參考書，再添一筆。回過神來的時候夜已經深了。

　　現在的我，除了想著讓畫再精進一些，畫出出色的作品

遺世以外，不考慮任何事情。禪中有言，「火中生蓮花」。我
雖然不太理解其中的深意，但對此有自己的理解：熊熊燃燒
的火焰中，忽而綻放出蓮花，是多麼壯觀，如同燃燒著自己
的勇猛之心。近來，我特別地感到自己擁有這樣的勇猛之
心。雖然年紀增長，人也衰老了，但我對畫的勇猛之心，每
天每天，都在強烈地燃燒著。人生如過客，我想在藝術上尋
找永恆的「花朵」。

金剛嚴跋
能面和松園先生的畫

　　二十年！我指導松園先生練習謠曲，是很久以前的事了。最近我不再為外行人指導練習了，所以松園先生的直接練習由我的門人廣田來指導。松園先生不僅熟知最近的謠曲，素質也很好，充滿熱情，做得非常好。我指導松園先生的練習，從這一方面觀察，感受到的是，像這樣身為女性在當今畫壇成為第一流的畫家，非超乎尋常的努力而不能。謠曲練習也是一樣，松園先生素質出色，很快能記住和理解，從不囫圇吞棗，直到完全領會後才請教和練習。藝術雖然有很多領域，但一個人的作風、態度是不會變的，從這一點推想松園先生在繪畫上也是如此吧。

　　世人有句話叫「鈍勝」。沒有才智的愚鈍之人拚命努力，花費他人數倍的辛勞和努力，然後這份付出終於開花結果，超出擁有才智、素質出色的人。也就是說，「鈍勝」是指愚鈍者憑藉努力而取勝。這在世上作為教訓廣為流傳，事實上也的確有這樣「鈍勝」的例子，但是藝術的世界裡，「鈍勝」卻難以有結果，因為與生俱來的出色素質是藝術的重要條件之一，如果生來在藝術上就遲鈍，感覺差、悟性迂鈍、

素質低下，通常無論怎麼努力，都難成大器。雖然為這樣的人感到很遺憾，但藝術的世界就是這樣特殊的吧。但是，並非只要素質出色就足夠了。到底還是和「鈍勝」一樣，必須努力精進，玉不琢不成器，素質出色的人透過努力才能初嘗成果。我想松園先生也是像現在說的這樣，在謠曲上素質出色，也很努力。用這樣的作風來鑽研本行，在出色的素質之上堅持數十年的苦心、努力和積累，終於創作出那樣傑出的畫作——據我對松園先生的了解，我是這樣想的。

　　能、謠曲中，與畫有關的故事很多，以能作為繪畫題材的人很多，松園先生也是如此，但各人的看法和做法各有不同。說點題外話，我指導景年先生練習謠曲時，一遇到謠曲文章中有讚美風景的美文時，景年先生就會說「老師，請再唱一遍」，然後靜靜地傾聽。唱完了，又在同一處說「請再唱一次」，讓唱很多遍，自己在傾聽和思考。這不是景年先生在練習謠曲的吟唱方法，而是為了以此處為題材作畫，謠曲時不時會入景年先生的畫。這裡有趣的是，景年先生不是只讀了美文就作畫，而是盯著成為謠曲的藝術，謠曲將此處的風景美化了，抓住其中的韻味後再作畫。關於景年先生的畫有多種看法，總之我認為這種從謠曲中取材的方法很有趣。雖然做法有所不同，也有研究能面並應用在繪畫上的人。

　　松園先生還沒有獲得免審資格 [127] 時，我記得是在那之前的事，在她的展出作品中關於婦人的臉好像做了很多研究，關於能面，她也問了我許多問題，自己又做了相當多研究的樣子。下村觀山 [128] 氏也是從能面獲得繪畫題材的人，觀山氏的哥哥是製作能面的，觀山氏又是松本金太郎 [129] 的姻親，自然會注意到能面吧。他將能面移到繪畫上，畫出了〈弱法師〉。在院展上展出的〈維摩勸說文殊圖〉[130] 中，維摩的臉型、線條在當時的畫家和世人中引起了話題和評論，這幅畫不可思議的是從什麼角度出發而畫的，雖然成為一時的話題，原來這是以福來石王兵衛創作的石王尉的能面為原型畫的，所以方山塵脫俗之感，並成為被淨化的藝術品。《西行櫻》[131]《遊行柳》[132] 之類的櫻樹柳樹精的老人能面，與俗人不同，是被淨化過的，以它們為原型作畫，觀山的頭腦還真聰明。也就是說，雖然把雕刻出來的能面搬到繪畫上並

---

[127] 免審查，向美術展覽會提交作品時，由於過去的入選實際成績好，而被認定為可免除審查。

[128] 下村觀山（1873～1930）本名晴三郎，東京美術學校教授、帝國美術院會員、帝室技藝員，文部省美術審查委員，再興日本美術院的重要人物之一。

[129] 松本金太郎，歌舞伎演員的名號。

[130] 這是一幅取材於佛經的宗教畫，表現維摩向文殊師利宣揚佛教大乘教義的情景。

[131] 西行法師在京都勝持寺所植之櫻被稱為西行櫻，在能樂中有講述西行櫻成精的情節。

[132] 謠曲《遊行柳》講述了柳樹成精的故事。

取得了成功，但是並非將線條和形狀生搬硬套，而是消化之後變為新的創作，我認為這一點是相當難的。松園先生也是這麼做的。特別是身為美人畫家，研究女性的能面，在〈花筐〉這幅作品中參考了增阿彌的「十寸神」[133] 能面，松園先生讓它回到人類的臉，重新創作了出來。本來，在這出《花形見》能樂中，使用的是小面和孫次郎，觀世流使用的是若女，寶生流則一般使用增，而松園先生卻選取十寸神來畫。以這個能面為基礎創作，可以窺見此人超凡的才能，絕非平庸之輩。當時這幅畫廣受關注，接著再舉一個其他的例子——〈焰〉。這是取材於謠曲《葵之上》的描繪嫉妒之女的圖，人物臉上，特別是眼睛，需要比一般的美人畫更強烈地表現出嫉妒且不失美感，為此松園先生頗費研究，並來詢問我的意見，我告訴她：「能樂中嫉妒的美人臉上，會在眼睛中的眼白部分特別地加入金泥。這被稱為「泥眼」，金泥發光時會呈現異樣的光輝和閃爍，又像淚盈於睫的表情。」一般的人大概會覺得「居然要到這個程度」，躊躇著便放棄了，松園先生卻真正地做了。她在絹布的內側加入金粉，因此而畫出了不可思議的韻味。

　　自古以來，世人對事物的批評就甚囂塵上，因為擔心世間的看法而不能有所突破，是常有的；而能夠突破這一點的

---

[133]　十寸神，和下文的小面、孫次郎、若女、增，都是不同的能樂面具種類。

松園先生，展現出其性格的剛強。窺一斑可知全豹，別的方
面想必也是如此。這一點，和最近也來觀看能樂、常常堅持
寫生的努力，還有那份熱忱，以及優良的素質，才讓松園先
生成為今天的這個她。

(昭和十七年)

上村松園

1939
菊壽
上村松園

1926
良宵圖
上村松園

1929
竹簾背後
上村松園

1930
三千歳
伊東深水

鏑木清方

1915
選布料
鏑木清方

1906
蟋蟀
鏑木清方

1910
美人與燈籠
鏑木清方

上村松園年譜

一八七五　明治八年

四月二十三日，出生在京都市下京區四條御幸
町西的奈良物町。是父親上村太兵衛（兩個月前
去世）和母親仲子的次女。本名津彌。

一八八一　明治十四年　六歲

進入佛光開智小學。

一八八七　明治二十年　十二歲

進入京都府立畫院，師從鈴木松年。

一八八八　明治二十一年　十三歲

二月跟隨從府立畫院辭職的鈴木松年而退學，
在松年的私塾學習。自如雲社展出作品〈美人
圖〉開始使用「松園」這個雅號。

一八九○　明治二十三年　十五歲

第三屆內國勸業博覽會展出〈四季美人圖〉，被
適逢訪日的英國康諾特親王殿下買下。

一八九一　明治二十四年　十六歲
日本美術協會展展出〈和美人〉。
京都工業物產會展出〈處女倚柱〉。
全國繪畫共進會展出〈美人觀月〉。

一八九二　明治二十五年　十七歲
京都春期繪畫展覽會展出〈美人納涼〉，美國芝
加哥博覽會（農商務省訂製畫）。

一八九三　明治二十六年　十八歲
日本美術協會展展出〈美人合奏〉。
師從幸野梅嶺門下。鄰家失火，房屋燒燬，搬
到高倉通蛸藥師。

一八九四　明治二十七年　十九歲
日本美術協會展展出〈美人捲簾〉。

一八九五　明治二十八年　二十歲
第四屆內國勸業博覽會展出〈清少納言〉。

一八九五　明治二十八年　二十歲
　　　　　第四屆內國勸業博覽會展出〈清少納言〉。
　　　　　青年繪畫共進會展出〈觀義貞勾當內侍〉。
　　　　　日本美術協會秋展展出〈古代美人〉。
　　　　　幸野梅嶺去世，師從竹內棲鳳。

一八九六　明治二十九年　二十一歲
　　　　　日本美術協會春展展出〈暖風催眠〉。
　　　　　日本美術協會秋展展出〈婦人愛兒〉。
　　　　　搬到堺町四條上宮。

一八九七　明治三十年　二十二歲
　　　　　第一屆全國繪畫共進會展出〈一家樂居〉。
　　　　　日本美術協會秋展展出〈壽陽公主梅花妝〉。

一八九八　明治三十一年　二十三歲
　　　　　第四屆新古美術展展出〈重衡朗誦〉。
　　　　　日本美術協會秋展展出〈古代上臈〉。
　　　　　日本繪畫協會·日本美術院聯合共進會展出〈美
　　　　　人〉。
　　　　　全國婦人製作品展展出〈美人觀書〉。

一八九九　明治三十二年　二十四歲
　　　　第五屆新古美術品展展出〈人生之花〉。
　　　　東京美術協會展出〈官女〉。
　　　　第二屆全國繪畫共進會展出〈唐明皇賞花圖〉。
　　　　第七屆日本繪畫協會‧日本美術院聯合共進會
　　　　展出〈雪中美人〉。
　　　　巴黎萬國博覽會展出〈母子〉。

一九〇〇　明治三十三年　二十五歲
　　　　第六屆新古美術品展展出〈輕女惜別〉。
　　　　第九屆日本繪畫協會‧日本美術院聯合共進會
　　　　展出〈花樣女子〉。獲二等銀牌，畫壇地位得以
　　　　穩固。

一九〇一　明治三十四年　二十六歲
　　　　第七屆新古美術展展出〈園裡春淺〉。
　　　　第十屆日本繪畫協會‧日本美術院聯合共進會
　　　　展出〈雪中竹〉。
　　　　第十一屆日本繪畫協會‧日本美術院聯合共進
　　　　會展出〈背面美人〉。

一九〇二　明治三十五年　二十七歲
東京美術協會秋展展出〈少女〉。
第十三屆日本繪畫協會・日本美術院聯合共進
會展出〈時雨〉。
兒子信太郎（松篁）出生。

一九〇三　明治三十六年　二十八歲
搬到車屋町御池下。
第五屆內國勸業博覽會展出〈姐妹三人〉。

一九〇四　明治三十七年　二十九歲
第九屆新古美術品展展出〈遊女龜遊〉。
聖路易斯萬國博覽會展出〈春之妝〉。
幸野梅嶺逝世十週年紀念展展出〈春日乙女〉。

一九〇五　明治三十八年　三十歲
第十屆新古美術品展展出〈花之爛漫〉。

一九〇六　明治三十九年　二十一歲
第十一屆新古美術品展展出〈柳櫻〉。
〈稅所敦子孝養圖〉捐贈給京都初音小學。

一九〇七　明治四十年　三十二歲
　　　　第一屆文部省美術展覽會展出〈長夜〉。
　　　　第十二屆新古美術品展展出〈繁花爛漫〉。
　　　　東京美術協會展展出〈蟲之音〉。

一九〇八　明治四十一年　三十三歲
　　　　第二屆文展展出〈月影〉。獲三等獎。
　　　　第十三屆新古美術品展展出〈秋夜〉。

一九〇九　明治四十二年　三十四歲
　　　　第十四屆新古美術品展展出〈柳櫻〉。
　　　　青木嵩山堂版〈松園美人畫譜〉出版。

一九一〇　明治四十三年　三十五歲
　　　　第四屆文展展出〈上苑賞秋〉。
　　　　第十五屆新古美術品展展出〈操縱人偶的人〉。
　　　　第十屆巽畫會展成為審查員，展出〈花〉。（直
　　　　到大正三年十四屆會展一直擔任審查員）

一九一一　明治四十四年　三十六歲
　　　　羅馬萬國博覽會展出舊作〈上苑賞秋〉〈操縱人

偶的人〉。

第十一屆巽畫會展展出〈美人吹雪圖〉。

- -

一九一二　明治四十五年　大正元年　三十七歲

第十七屆新古美術品展展出〈寵妾〉。

- -

一九一三　大正二年　三十八歲

第七屆文展展出〈螢〉〈化妝〉。

- -

一九一四　大正三年　三十九歲

第八屆文展展出〈舞仕度〉。

平和紀念人正博覽會展出〈娘深雪〉。

搬到間之町竹屋町上。

- -

一九一五　大正四年　四十歲

第九屆文展展出〈花筐〉。

- -

一九一六　大正五年　四十一歲

第十屆文展展出〈月蝕之宵〉。獲得文展永久無
審查資格。

一九一八　大正七年　四十三歲
第十二屆文展展出〈焰〉。從前的老師鈴木松年
去世。（享年七十歲）

一九二二　大正十一年　四十七歲
第四屆帝展展出〈楊貴妃〉。

一九二四　大正十三年　四十九歲
成為帝展審查員。

一九二六　大正十五年　昭和元年　五十一歲
第七屆帝展展出〈待月〉。
聖德太子奉贊展展出〈少女〉。

一九二八　昭和三年　五十三歲
製作御大典紀念御用畫〈小町草紙洗〉。
母親仲子臥病在床。

一九二九　昭和四年　五十四歲
義大利日本畫展展出〈新螢〉。

一九三〇　　昭和五年　　五十五歲

羅馬日本美術展展出〈伊勢大輔〉。

製作德川菊子姬高松宮家御用畫〈春秋〉。

一九三一　　昭和六年　　五十六歲

柏林日本美術展展出〈晾曬〉。該畫作在德國政

府的期望下送給德國國立美術館。

一九三二　　昭和七年　　五十七歲

白日莊東西大家展展出〈伏天前後曬衣〉。

製作岩岐家拜託畫作〈虹〉。

一九三三　　昭和八年　　五十八歲

白日莊十週年紀念展展出〈春衣〉。

一九三四　　昭和九年　　五十九歲

二月，母親仲子去世。

第十五屆帝展展出〈母子〉。

大禮紀念京都美術館展展出〈青眉〉。

一九三五　昭和十年　六十歲
　　　　和竹內棲鳳、土田麥倦等十七人組織春虹會
　　　　展，第一屆展出〈天保歌妓〉。
　　　　第一屆三越日本畫展展出〈鴛鴦髻〉。
　　　　大阪美術俱樂部紀念展展出〈春之妝〉
　　　　東京三越展展出〈土用干〉
　　　　五葉會展第一回展出〈黃昏〉
　　　　高島屋現代名家新作展展出〈春苑〉。
　　　　第一屆五葉會展展出〈日暮〉。
　　　　擔任第一屆京都展審查員。

一九三六　昭和十一年　六十一歲
　　　　文部省美術展覽會展出〈序之舞〉。
　　　　第二屆春虹會展展出〈春宵〉。
　　　　第二屆五葉會展展出〈時雨〉。

一九三七　昭和十二年　六十二歲
　　　　第一屆新文展展出〈草紙洗小町〉。
　　　　第三屆春虹會展展出〈春雪〉。
　　　　完成皇太后御用畫〈雪月花〉。

一九三八　昭和十三年　六十三歲
第二屆新文展展出〈砧〉。
京都美術俱樂部三十週年紀念展展出〈鼓之音〉。
擔任第三屆京都展審查員。

一九三九　昭和十四年　六十四歲
第五屆春虹會展展出〈春鶯〉。

一九四〇　昭和十五年　六十五歲
第六屆春虹會展展出〈櫛〉。
紐約萬國博覽會展出〈鼓之音〉。

一九四一　昭和十六年　六十六歲
第四屆新文展展出〈夕暮〉。
第七屆春虹會展展出〈詠花〉。
第六屆京都展展出〈晴日〉。
成為帝國藝術院會員。
十月下旬到十二月上旬前往中國旅行。

一九四三　昭和十八年　六十八歲
擔任第六屆新文展審查員，展出〈晴日〉。

關西畫展展出〈晚秋〉。

六合書院出版隨筆集〈青眉抄〉。

一九四四　昭和十九年　六十九歲

七月，成為日本帝國藝術院會員。

一九四五　昭和二十年　七十歲

擔任第一屆京展審查員。

一九四六　昭和二十一年　七十一歲

擔任第一屆日展審查員。

擔任第二屆京展審查員。

一九四七　昭和二十二年　七十二歲

日本美術國際鑑賞會展出〈雪中美人〉。

第十屆珊珊會展展出〈靜思〉。

一九四八　昭和二十三年　七十三歲

十一月，獲得文化勳章。

白壽會展展出〈庭之雪〉。

一九四九　昭和二十四年　七十四歲

　　松坂屋現代美術巨匠作品鑑賞會展出〈初夏傍晚〉。

　　八月二十七日，因肺癌去世。謚號壽慶院釋尼松園。

電子書購買

爽讀 APP

國家圖書館出版品預行編目資料

美人的事：只有帶著清澄感的珠玉一般芳香的繪畫，是她願望中的事物 / [日] 上村松園 著，方旭 譯 . -- 第一版 . -- 臺北市：崧燁文化事業有限公司 , 2023.10
面 ；　公分
POD 版
ISBN 978-626-357-676-6(平裝)
861.67　　112015086

美人的事：只有帶著清澄感的珠玉一般芳香的繪畫，是她願望中的事物

臉書

作　　　者：[日]上村松園

翻　　　譯：方旭

編　　　輯：林緻筠

發 行 人：黃振庭

出 版 者：崧燁文化事業有限公司

發 行 者：崧燁文化事業有限公司

E - m a i l：sonbookservice@gmail.com

粉 絲 頁：https://www.facebook.com/sonbookss/

網　　　址：http://sonbook.net/

地　　　址：台北市中正區重慶南路一段六十一號八樓 815 室

Rm. 815, 8F., No.61, Sec. 1, Chongqing S. Rd., Zhongzheng Dist., Taipei City 100, Taiwan

電　　　話：(02) 2370-3310　　　傳　　　真：(02) 2388-1990

印　　　刷：京峯數位服務有限公司

律師顧問：廣華律師事務所 張珮琦律師

-版權聲明

定　　　價：580 元

發行日期：2023 年 10 月第一版

◎本書以 POD 印製

Design Assets from Freepik.com

1949
雪中美人
伊東深水

1930
在春天的小溪
伊東深水

1921
寬腰帶的女人
伊東深水

1917
春
伊東深水

1923
早春之思
伊東深水

1922
胭脂
伊東深水

1943
叢秋
伊東深水

1930
已婚婦女的髮型
伊東深水

伊東深水

1942
娘
上村松園

1943
晚秋
上村松園

1936
春宵
上村松園

1918
焔
上村松園